Im Leben gibt es nicht nur Erfüllung, Glück und Liebe, auch Gleichgültigkeit und Enttäuschung spielen eine Rolle. Der Alltag ist voller Überraschungen; mag es Verdrängtes sein, was plötzlich aus dem Nichts auftaucht oder dunkle Kapitel der Vergangenheit. Davon handeln diese Geschichten.

2008 „Nichts von alledem"
2008 „Dämmerung"
2015 „Feldzug mit Burgunder"
2023 „Die Stufen des Glücks"

Andreas Eichelberger

Gefrorene Meere

© 2023 Andreas Eichelberger
Herstellung und Verlag:
BoD – Books on Demand, Norderstedt
ISBN: 9783758319150

Die Postkarte

1916

Fritz Strehle klopfte den Staub von seiner Uniform. Er sah hinüber zu seinem Kameraden, der mit dem Karabiner im Anschlag über den Grabenrand spähte. „Mein Bajonett ist weg", sagte der Kamerad. Fritz kramte wortlos in seinem Tornister. Doch dann sprach er: „Weißt du, ich schreib jetzt eine Karte an Erna."

„Was denn, mitten im Gefecht?"

„Da kommt nicht mehr viel heute", sagte Fritz. „Einzelfeuer." Er machte eine wegwerfende Handbewegung. Der Kamerad ließ sich in den Graben sinken und nahm den Helm ab, wischte sich über die verschmutzte Stirn. Fritz reichte ihm die Feldflasche. Dann schrieb er: „Liebste Erna! Mir geht es gut. Ich passe schon auf. Leider haben wir heute drei Kameraden verloren, aber unsere Gegenwehr hat auch beim Feind Verluste gefordert. Ich hoffe, du und Walter, Ihr seid gesund. Hüte nur das Haus und umsorge das Kind. Wenn uns der entscheidende Vorstoß gelingt, bin ich bald zu Hause. Dann ist der Krieg vorbei..."

Fritz las schließlich die Karte vor. Doch sein Kamerad war in Schlaf gesunken. Einige Schüsse peitschten durch die Nacht. Das Hindenburglicht im Unterstand flackerte unruhig. –

Die Feldpost überbrachte Erna Strehle die Nachricht. Sie war erleichtert, und Fritz' Karte lehnte noch zwei Wochen an der Keksdose in der Küche, für jeden sichtbar. –

Noch einmal bekam Erna Strehle Feldpost. Fritz war gefallen.

1941

Walter Strehle übergab dem Vermieter die Wohnungsschlüssel. Die wichtigsten Gegenstände der Einrichtung seiner Mutter Erna waren verladen.

Walter fuhr nach Hamburg und lagerte die Möbel auf dem Speicher ein. Sie würden vieles noch brauchen. Der Krieg brachte nichts als Not. Man musste vorsorgen.

In Hamburg hielt er sich oft in der verstaubten Kammer auf und kramte in den Fächern der Kommode seiner Mutter. Die Karte des Vaters fiel ihm dabei häufig in die Hände. Walter sah sich nachdenklich um. Unten schlief sein Sohn Rolf, die Frau war zur Nachtschicht in der Wäscherei. –

Dann wurde Walter eingezogen, zuerst an die Ostfront, später dann nach Westen. In der Ardennenoffensive wurde er verwundet, kam nach Hause.

Das Bein verheilte und der Krieg war endlich vorbei. Walter machte auf dem Schwarzmarkt Geschäfte. Es ging ihnen bald etwas besser. Doch später, nach einigen zähen Jahren des Kampfes, erlag er der Schwindsucht.

1966

Rolf Strehle ordnete den Nachlass seines Vaters. Er sortierte aus, behielt manches. Die Zeiten hatten sich geändert. Die Zukunft würde Gutes bringen. Der Aufschwung war nicht zu übersehen. Vielleicht könnte man sogar ein Häuschen bauen. Sie würden sparen müssen, auf den Pfennig achten. Dazu gehörte wohl auch, sich von altem Tand zu trennen. Die Möbel sollten etwas Geld einfahren. Rolf Strehle brachte auch die alten Karten zum Trödler.

1991

Die Dämmerung war längst hereingebrochen. Sten Frillers betrat den Antikmarkt. Ein Angestellter sah wachsam zu ihm herüber. „Ich suche was vom Krieg", sagte Frillers. Der Angestellte wies auf zwei große geordnete Regale. „Erster, zweiter, was soll's sein?" „Na ja, ist im Grunde egal; mein Sohn hat in der Schule eine Aufgabe. Material über den Krieg. Wie schlimm das damals war…" „Hier sind ein Haufen Postkarten und Fotos, suchen sie sich in Ruhe was aus."

Sten Frillers lächelte. „Okay." Der Angestellte entfernte sich. Frillers blätterte in den Postkarten. Er wirkte ratlos. Was würde das Richtige sein? Dann stieß er auf eines der vielen vergilbten abgegriffenen Dokumente. Feldpost 1916. Die Karte war tatsächlich beschrieben. „…Die Verpflegung ist knapp. Es liegt am Nachschub. Aber das wird schon…"

„Ich nehme die", sagte Frillers zu dem Angestellten. –

Später am Abend schob Frillers seinem Sohn die Karte auf den Schreibtisch. „Ich hab doch noch was gefunden. Kannst du morgen mitnehmen. Vom Krieg, wie's die Lehrerin wollte."

Der Junge nahm die Karte und vertiefte sich im Schein der kleinen Lampe in das Bild auf der Vorderseite. Unüblich, schwarzweiß, fast grau. Das Foto zeigte eine Gegend, über der ein trüber Himmel hing, wie eine Glocke. Gebäude waren zu erkennen, von denen der Putz bröckelte. Einige Uniformierte liefen auf einem schlammigen Weg. Oben rechts stand der Name einer Ortschaft. Der Junge war schon müde. Wie war der Krieg? Die altdeutsche Schrift konnte er nicht lesen. Er verpackte die Karte in der Schultasche.

2016

Tom Frillers saß über den Computer gebeugt. „Das Zeug ist jetzt gefragt", rief er seiner Frau zu.

„Nicht so laut", flüsterte sie hastig zurück. „Der Junge muss schlafen."

„Ja, ja, ist schon gut." Tom Frillers betätigte die Maustaste. Sein Blick glitt über den Bildschirm. „Mein Gott, was da geboten wird. Die setz ich heute rein."

„Was?"

„Die Karte. Vom ersten Weltkrieg. Die hab ich in meinem alten Schulzeug im Keller gefunden."

„Zeig mal", sagte Frillers Frau und ließ sich die Karte geben. Dann las sie: „…Hier singen keine Vögel mehr. Doch Erna, heb die Karte auf. Ich werde nicht fallen, doch wenn ein Splitter mich trifft, komme ich heim…" Sie sah ihren Mann an. „Das willst du bei Ebay reinstellen?"

„Warum nicht? Kleinvieh macht auch Mist."

„Manchmal bist du mir unheimlich." Sie gab die Karte zurück, ging in die Küche. Von einem Raum zum anderen begegneten sich ihre Blicke. –

Am nächsten Abend, von der Arbeit zurückgekehrt, ging Frillers in das Zimmer seines Sohnes. „Na, wie lief's in der Schule?"

„Gut."

„Gut? Na schön."

„Der Physiklehrer hat was gesagt."

„Was hat er denn gesagt?"

„Energie geht nie verloren. Sie wandelt sich ständig um."

Frillers schwieg lange. „Da ist bestimmt was Wahres dran."

Der DDR-Laden

Im Konsum an der Ecke kam mir stets das Pinkeln an. Der granitene Fußboden strahlte Kälte aus. Doch die Regale waren voller Wärme und die Flaschen, Gläser, Büchsen sorgfältig geordnet. Als Kind ging ich oft hierher zum Einkauf.

Der Konsum war klein, aber eine Welt für sich. Er besaß auch ein geheimnisvolles Lager. Wenn etwas nicht erhältlich war, sagte man, dass anderntags die Lieferung käme.

Er lag nur hundertfünfzig Meter entfernt. Ich bin diesen Weg mit Frohsinn gegangen, sommers wie winters. Ich habe immer dasselbe gesehen. Den Ahorn, den Kindergarten mit den lärmenden, wilden, unbeschwerten Kleinen, die wenigen Häuser. Brannte hinter einem Fenster abends Licht, wurde es interessant. Wer mochte wohl sein Unwesen treiben oder still arbeiten im Schein einer Schreibtischlampe?

Nach dem Einkauf lief ich den Weg zurück. Ich entdeckte wieder Neues, das ich trotzdem kannte.

Als ich größer war, stahl ich einmal etwas in dem Konsum. Es hat niemand gemerkt, und der Konsum existierte auch weiter. Der Weg zu ihm war Teil meiner Jugend; die Bäume, die Häuser, alles war vertraut.

Doch wurde ich so groß, dass ich zur Armee musste. Mein Dasein bekam eine andere Richtung.

Dann heiratete ich und zog aus. Dennoch trieben mich Spaziergänge beständig in die Nähe des Konsums an der Ecke. Nun, die Verkäuferinnen waren älter geworden, die mich schon als Junge kannten. - Dann kam die Wende.

Das Leben zieht seine Bahnen. Man denkt über vieles nach, handelt, unterlässt, und man kämpft, verbissen, für irgendein kleines Ziel. Die Zeit verrinnt. Man beginnt zu vergessen. -

Eines Tages besuchte ich meine Eltern. Und wie unter innerem Zwang betrat ich auf dem Heimweg den Konsum. Mir kam das Pinkeln nicht an, aber die Verkäuferinnen waren ausgewechselt worden. Alles wirkte befremdlich und unordentlich. Ich sah halbgeöffnete Pappkartons und hörte hektisches Gerede. Es war auch kein Konsum mehr. Das Schild, das ich solange kannte und nie beachtet hatte, war entfernt worden.

Schließlich unterließ ich es gänzlich, in den Laden einzudringen. Doch den Weg zu ihm ging ich noch gern. Dort angekommen, äugte ich gewohnheitsmäßig durch die Scheiben und kehrte um. Ich kannte hier alles. Jeden Stein, jede Mauernische. Das ist nicht übertrieben.

Dabei bemerkte ich, dass man den Lattenzaun des Kindergartens durch eine Eisenbefriedung ersetzt hatte. Das begriff ich nicht. Früher, als meine Hand dort entlang glitt, hatte das so eine Art Knattern ergeben; jeder Pfahl war zu fühlen wie derbe Finger mit wettergegerbter Haut, verlässlich, wegweisend. Es war eben Holz. Bei dem Metallzaun tat ich das nicht mehr.

Eines Tages schloss der Laden seine Pforten für immer. Das kam überraschend, doch berührt hat es mich nicht in großem Maße. Im Grunde wohnte ich längst weitab, besaß Familie.

Aber ich musste plötzlich an die Zeit denken, als der jetzt geschlossene Laden noch ein Konsum war. Ich sah durch die Scheibe, doch konnte ich nichts erkennen. Sie schien blind geworden zu sein. Der Weg zurück fiel mir etwas schwer. Aber abgeneigt, ihn noch zu gehen, war ich nicht. Er hatte eben geschlossen, der Laden, und der Lattenzaun des Kindergartens bestand heuer aus Metall...

Bäume entlassen ihr Laub, der Schnee bedeckt die Straßen, die Passanten vermummen sich, und die Gedanken kehren sich nach innen. -

Wenig später wurde der Kindergarten seines Daseins beraubt. Ich vermisste die wilden unbeschwerten Kleinen. Die Straße meiner Jugend lag im Sterben... -

Ziellos wandernd lenkten mich meine Schritte neulich an einem Abend wiederum auf den bekannten Pfad. Immerhin, der Ahorn.

Ich bin den Weg mit einer dumpfen Angst gegangen. Hinter keinem Fenster brannte Licht. Es war nicht die Angst vor der Dunkelheit. Die Dunkelheit hat auch Vertrautes. Auf dieser Straße zum ehemaligen Laden schon, vorbei am ehemaligen Kindergarten mit dem ehemaligen Holzzaun.

Als ich vorn an der Gabelung stand, blickte ich mich um. Jetzt brannten links die Gaslaternen, zwischen den Ahornbäumen.

Mit einem Mal erfüllte mich der bohrende Wunsch, heute noch „Tom Sawyer" zu lesen.

11

Vogelhäuschen

Manchmal kommt mir abends der Gedanke, dass es nichts mehr zu reißen gibt. Alles ist lasch und lau geworden. Im Fernsehen läuft Ulk. Zum Lesen fehlt die Konzentration. Und es widerstrebt mir, irgendetwas zu tun. Gott, ich hab meine Arbeit, ich hab sogar eine. Doch das füllt nicht aus.

Hin und wieder klimpere ich auf der Gitarre einen Song. Doch diesen Mist kann ich niemandem vorspielen. Ich will nicht von Banausen reden, vielleicht bin ich auch dilettantisch.

Es wird Winter, und ich mag aber jetzt kein Vogelhäuschen bauen. Ich hab eins gekauft.

Das Bier schmeckt mitunter derartig fade, dass ich mich wundere, mir das Gebräu nicht schon längst abgewöhnt zu haben. Andere gehen um diese Zeit schlafen, sie schlafen ruhig ein.

Ich überdenke oft die Finanzen. Nach einer Weile verwerfe ich das und philosophiere ein bisschen. Es wäre Zeit zum Sterben, jedenfalls für heute.

Ich fühle mich nicht gut genug gerüstet für den nächsten Tag, nicht gewappnet gegen Händel jeder Art. Es ist wie ein Hängen zwischen Tod und Wiedergeburt.

Ich erinnere mich häufig daran, wie mein Vater Kreuzworträtsel füllte. Wenn er etwas nicht wusste, knobelte er Stunden daran herum, die Lösung herauszufinden. Die Sonne übergoss den Balkon. Offensichtlich fand Vater einen Sinn, oder er quälte sich damit ab. Ich weiß es nicht. Aber er warf irgendwann den Stift weg, an einem Sonntag. In dieser Nacht schlief er für immer ein.

Eines Tages beobachtete ich eine Fliege im Wohnzimmer. Es war im November. Das kalte Wetter hatte das Tier wohl herein getrieben. Die Fliege saß auf dem Teppich, kroch scheinbar unmotiviert herum, konnte kaum noch fliegen. Sie verhedderte sich später in den Fransen der Tischdecke, wie trunken suchte sie die Nähe eines Halts, fiel auf den Rücken.

Ich hätte sie töten können. Doch es war vermutlich eine der letzten dieses verschwindenden Herbstes. Das machte mich nachdenklich. Sie hatte solange gekämpft. Ich gab ihr Narrenfreiheit.

Neulich träumte ich von einem braunen Plüschsessel. Als ich mir nach dem Traum das gesamte Zimmer ins Gedächtnis zurückrief, fiel mir ein, um was für ein Zimmer es sich gehandelt hatte. Mein Onkel hatte gelegentlich in diesem Sessel gehockt, in der Ecke neben einem alten Radio, niedergeschlagen, zermürbt, in der Wohnung meiner Großmutter.

Ich war damals noch ein Kind. Mein Onkel war ein begnadeter Zeichner, lächelte mich oft müde an und nickte in sich hinein, als wolle er sagen: Du verstehst die Welt zum Glück noch nicht.

Von Beruf war er Schuhmacher. Er hatte einen Kumpel, der ein Schifferklavier besaß. Mit ihm sang und spielte er auf Feiern und sorgte für gute Laune.

Doch in diesem Sessel wirkte er einsam und zurückgezogen und suchte Trost bei seiner Mutter. Doch was konnte sie schon tun?

Des Onkels Frau war dominant, hatte eine Tochter mit in die Ehe gebracht. Sie tanzten ihm auf der Nase herum. Er begann zu trinken. Statt ihm zu helfen, brachte es alle noch mehr in Wallung.

13

Er war ständig traurig, und eines Tages starb er an einem Gehirnschlag. Ich entsann mich. Ich fand ein altes Foto von ihm und suchte abends auf dem Friedhof nach der Grabstelle. Nach zwei Stunden gab ich auf.

Wenn man immerzu in der Wohnung hockt, ändert man die Welt nicht. Ich verehre Katzen, deshalb vielleicht bellt mich unentwegt der Hund meiner Nachbarin an, als wäre ich ein Verbrecher. Und immer sagt sie zu ihrem vierbeinigen Freund: „Den kennst du doch."
Heute vorm Haus sagte ich: „Natürlich kennt er mich. Ich wohne seit fünf Jahren hier. Aber er wird weiterhin bellen, wenn sie ihn nicht erziehen."
„Sie können wohl keine Tiere leiden?" zischte meine Nachbarin und ließ mich zurück.
Ich hatte die Welt nicht verändert, oder doch? Am Nachmittag sah mich ein anderer Nachbar merkwürdig böse an.

An diesem Abend war ich tatsächlich einmal ermüdet. Und noch ein anderer Mieter begann im Keller, zu hämmern und zu sägen.
Wenn man die Wohnung verlässt, ändert man die Welt. Die Vergangenheit kann man nicht ändern. Ich verließ die Wohnung und ging in den Keller hinab.
Der lärmende Mieter war unten. Spärliches Licht drang durch die hölzerne Brettertür. Ohne Zögern lief ich den Gang nach hinten und öffnete den Verschlag.
Er sah nicht einmal hoch von seiner Arbeit. In der Hand hielt er eine Feile. „Ich muss morgen früh raus", sagte ich.

Er feilte weiter. „Ach ja?" fragte er. „Wann müssen Sie denn raus?"

Seine Frage zog mich in Bann. Ich antwortete: „Viertel vor fünf."

Der Nachbar war ein älterer Mann, schütteres Haar, schlank, alte Hosen, hemdsärmelig, ständig mürrisch. Mich erschreckte die Forschheit und Aufmerksamkeit. Wie man sich doch irrt! Lauerte da etwas hinter seiner Fassade? Und er reagierte nicht auf meine Ansage.

Ich trat versuchsweise den Rückzug an. „Machen Sie das doch morgen. Sie haben Zeit."

Er unterbrach das Feilen. „Meine Zeit teile ich mir selbst ein." Er sah mich an.

Der Rückzug ging weiter. Ich wich seinem Blick aus. „Ich bin sehr müde. Geht's nicht morgen?"

Plötzlich feilte er wieder. Ich sah mir den Keller an. Er war sorgsam geordnet, behängt mit Werkzeugen und Utensilien aller Art. Schränkchen, Schubladen, Regale, das Ergebnis jahrelanger Arbeit. .

„Ich nehme Ihnen jetzt die Feile weg", sagte ich.

Er feilte. Ich überlegte. Wenn ich nichts unternahm, würde ich unglaubwürdig erscheinen. „Was bauen Sie denn?" fragte ich.

„Vogelhäuschen", sagte er.

Manchmal denke ich an einen Jungen, dessen Name mir entfallen ist. Er war ungefähr neunzehn und geistig behindert. Vor vielen Jahren lungerte er täglich auf der Straße herum. Als meine Großmutter einkaufen ging, begleitete er sie, unterhielt sich mit ihr trotz seiner Zurückgebliebenheit durchaus angenehm, trug ihr die Tasche. Sie gewann ihn lieb. Sie verstand, mit seiner Schwäche

15

umzugehen. Wenn es dämmerte und er immer noch herumstand, sah sie das aus ihrem Küchenfenster, ging hinab und brachte ihn über die viel befahrene Hauptstraße, auf die Seite, auf der er wohnte. Es war zu gefährlich, fand sie. Sie hatte recht. Er war ängstlich, der Autos wegen. Wie er ständig herübergelangte, bekam sie nicht heraus, und seine Eltern lernte sie nie kennen. Dann lief sie nach Haus, sich abmühend, in der Linken zur Hilfe einen Stock.

So ging das eine ganze Zeit. Eines Tages blieb der Junge aus. Später wurde bekannt, dass er sich abends einmal allein über diese Straße gewagt hatte, unachtsam. Ein Wagen hatte ihn erfasst. Er verunglückte tödlich.

Meine Großmutter dachte lange noch daran. Dieses Ende schien ihr wie das ihrer zwei Brüder, die im Krieg gefallen waren.

Als sie starb, wurde fast ihr gesamter Hausrat in einen Sperrmüllcontainer geworfen.

Der Nachbar sah mich plötzlich müde an. „Ich brauch' nur noch fünf Minuten", sagte er. „Was wollten Sie denn jetzt tun?"

Ich sagte: „Ich denke, etwas Sinnloses."

Er legte die Feile weg. „Glauben Sie mir. Jeder tut Sinnloses. Ich baue hier und habe Krebs."

Scott und Amundsen

Am ersten Adventswochenende besuchte ich meinen Vater. Wir begrüßten uns, ich nahm Platz. Im Wohnzimmer war es anheimelnd warm. Im Raum hatte Vater nur einige Nussknacker aufgestellt. Denn seitdem Mutter sich von ihm hatte scheiden lassen, maß er den Weihnachtsritualen keine größere Bedeutung mehr bei. Wir tauschten Floskeln aus, bis ich fragte: „Schenkst du mir etwas zu Weihnachten?"

„Ja", sagte Vater. „Was wünschst du dir?"

„Ein Buch."

„Lesen ist eine gute Sache." Er lehnte sich zurück und schaltete den Fernseher ein. Ein Knabenchor war zu sehen. „Willst du ein Bier?"

„Warum nicht?"

„Küche", sagte er, drehte den Kopf ein wenig zur Seite und wies mit einem Finger nach hinten.

„Willst du auch eins?" fragte ich.

„Ja, wenn du schon einmal rüber gehst." Als ich zurückkehrte, sagte ich: „Es schneit."

„Ja, es wird Winter", sagte Vater und nickte bedeutsam.

„Ich möchte ein bestimmtes Buch", sagte ich.

„Ach", sagte Vater und fasste mich ins Auge, als hätte ich etwas verbrochen. Womöglich sah er sich schon an böigen Abenden durch die Straßen gehen, sämtliche Buchhandlungen abklappernd. „Was denn für eins?"

„Eins über die Eroberung des Südpols. Über Scott und Amundsen."

17

„Ach", machte Vater schon wieder. „Das interessiert dich. Forscher und Entdecker." - „Ja." Vater drehte sich auf seinem Sessel herum. „Die Story kenn ich. Hab schon davon gelesen. Du willst wissen, wie Amundsen den Wettlauf gewann."

„Nein", sagte ich. „Ich will wissen, wie und warum Scott scheiterte." Mein Vater wich etwas zurück. Er überlegte lange. Dann sah er mich an. „Warum gilt dein Interesse nicht dem Gewinner?"

„Weil auch Scott gekämpft hat", sagte ich. „Amundsen gebührt natürlich die Ehre, den Pol als Erster erreicht zu haben, aber…" Ich suchte nach Worten.

„Was aber?" fragte Vater.

„Aber auch Scott hat Achtung verdient."

„Aber er hat verloren. An solchen Menschen orientiert man sich nicht."

„Was heißt, man orientiert sich nicht? Er hat verloren, na gut. Aber er hat gekämpft. Auch er gilt als Held. Und er hat es mit dem Leben bezahlt."

„Aber er hat, wie ich mich entsinne, einen Haufen Fehler gemacht." Vater fuchtelte mit den Händen.

„Man kann auch Fehler machen. Aus Fehlern lernt man."

„Man sollte aber keine Fehler machen, schon gar nicht, wenn man sein Leben dabei aufs Spiel setzt. Wer Fehler macht, muss scheitern."

„Du willst doch nicht behaupten", sagte ich, „dass Scott so an diese Aufgabe heranging?"

„Fakt ist", meinte Vater, „dass Scott mit Motorschlitten aufbrach. Das weiß ich noch. Und Technik in winterlicher Umgebung ist unzuverlässig. Amundsen ließ alles mit Hundeschlitten ziehen."

„Aber Scott hat es gewagt", wandte ich ein.

„Und dann hat er noch einen Mann hinzugenommen", erwiderte Vater, „obwohl nicht genügend Proviant da war. Und mit dem Brennstoff... Der ging aus. Das war alles nicht ausreichend gesichert."

„Gut, vielleicht verlor er deshalb. Aber auf dem Rückweg war ein Kälteeinbruch. Der hat sie überrascht. Sie sind gestorben", sagte ich verzweifelt. „Im Übrigen kennst du die Geschichte erstaunlich gut."

„Du aber auch", sagte Vater. „Wozu brauchst du dann noch das Buch?"

„Vielleicht brauch ich es ja gar nicht mehr."

Mein Vater lehnte sich zurück. Mit einer raschen Bewegung der Fernbedienung ließ er den Knabenchor verstummen. „Was willst du eigentlich?" fragte er.

„Einfach mit dir reden."

„Ja, ich weiß", sagte Vater. „Deine Mutter fehlt dir."

„Das hat damit nichts zu tun", begehrte ich auf

„Mit was hat es denn zu tun?"

„Du bist gescheitert", sagte ich. „Und doch besuche ich dich noch."

Die Akte   Eine Posse

Möbius eröffnete mir eines Tages im Herbst 1992, dass er seine Stasiakte zur Einsicht haben wolle und sie demnächst beantragen würde. Wir saßen in meiner Wohnung, als er sagte: „Schinzel, ich will das jetzt wissen. Vielleicht hat mich doch der eine oder andere bespitzelt."

Durch das Gespräch mit Möbius unruhig geworden, berichtete ich einige Tage später meinem anderen Kumpel Lehmann von der Geschichte. Wir beschlossen, ebenfalls unsere Akten anzufordern. Lehmann fragte mich: „Wieso will Möbius die Akte? So lange nach der Wende?"

„Ja. Dieser plötzliche Vorstoß! Warum hat er es mir gesagt? Das ist doch merkwürdig..."

Lehmann dachte nach. Ich sprach weiter: „Vielleicht hat er die Akte schon. Ruf doch mal an."

Er verzog den Mund: „Du brauchst hier nicht... Bloß weil ich bei der Telekom bin..."

„Das war nicht so gemeint. Wozu hast du ein Telefon? Na, egal", unterbrach ich Lehmann. „Es ist so wichtig nun nicht. Jedenfalls kriegen wir unsere Akten auch. Ein bisschen später vielleicht."

„Na und?" Lehmann erhob sich. „Ich frage mich sowieso, was du dir davon versprichst."

„Du willst sie nicht beantragen?" wandte ich mich ihm zu.

Lehmann erbost: „Doch, ich will das jetzt auch. Was ist denn los?"

„Du hast Recht", beruhigte ich ihn. „Wir reden Quatsch. Wenn wir sie haben, werden wir klüger sein."

Nach zwei Wochen besuchte mich Möbius. Er brachte sechs Bier mit und hatte eine Mappe unter dem Arm. Ich weiß nicht, warum mich der Anblick der Flaschen entspannte und ich ihn als erstes fragte: „Warst du schon bei Lehmann?"

„Wieso?" Möbius' Gesicht besaß einen ernsten, fast düsteren Ausdruck.

„Na ja, mit deiner Akte. Du hast sie offenbar." Ich wies lässig auf die Unterlagen und war mit einem Mal etwas erregt. „Wir haben sie übrigens auch beantragt. Wusstest du das nicht?"

„Lehmann hat mir nichts erzählt."

Ich schaute grübelnd vor mich hin. Plötzlich hieb mir Möbius lachend seine Pranke auf die Schulter. „Mensch, Schinzel, nun setz dich erstmal hin, wir trinken ein Bier."

Mein Körper senkte sich auf das Sofa.

„Das ist tatsächlich meine Akte", begann Möbius feierlich und nahm im Sessel Platz. „Ich hab so einiges erfahren."

Ich sagte: „Wir hätten Lehmann vielleicht hinzuziehen sollen."

„Warum?"

„Er ist unser Kumpel."

Möbius hob abwehrend die Hände. „Ich weiß nicht mehr so richtig, wer da ein Kumpel ist."

„Aber Lehmann…"

„Hör jetzt bitte mit ihm auf. Es geht nicht um ihn." Möbius sah mich scharf an. „Schinzel?"

„Ja?"

„Ich brauche einen Flaschenöffner."

„Kommt sofort." Ich eilte in die Küche. Als ich zurückkam, wühlte Möbius in seinen Papieren. Wir tranken das erste Bier und rauchten. „Na, um wen geht es denn dann?" ersuchte ich Möbius höflich. Seine Augen wurden eigentümlich glasig. „Es interessiert dich also?"

„Möbius, du bist zu mir gekommen mit deiner Akte. Warum sollte ich mich nun nicht dafür interessieren?"

„Gut, Schinzel, es geht um dich!" sagte er pathetisch.

„Ach... Was du nicht sagst. Was für ein ungeheuerlicher Zufall."

„Hier drin", Möbius klopfte mit der Rechten auf die Akte und angelte sich mit der Linken eine meiner Zigaretten, „ist die Rede von einem gewissen ‚IM Fräskopf'. Datiert aus dem Jahre '87." Möbius lehnte sich zurück. Ich lehnte mich vor. „Fräskopf? – Schön. Was heißt hier ‚IM Fräskopf'?"

„Du wirst dich sicherlich daran erinnern, dass du '87 noch in einem Metallberuf tätig warst, bei dem du ein spanabhebendes Verfahren ausübtest..."

„Das ist mir geläufig. Ja, doch, es fällt mir ein. Ich war, um genau zu sein, damals Dreher. Wer aber soll ‚IM Fräskopf' sein?"

Er öffnete gleich noch ein Bier und nahm einen tiefen Zug. „Du, Schinzel!"

„Steht Schinzel in deiner Akte?" Ich begann etwas zu zittern, erhob mich und schloss die Balkontür.

„Wieso schließt du die Balkontür?" wollte Möbius wissen.

„Ich habe nichts zu verbergen... Steht Schinzel in deiner Akte?"

„Setz dich. Ich werde dir das erklären."

Ich nahm mir eine Zigarette. „Du zitterst ja", bemerkte Möbius erstaunt.

„Ja, es ist Zorn."

„Was noch? Angst?"

„Nein, Zorn, ausschließlich Zorn. – Was habe ich mit ‚IM Fräskopf'
zu tun?"

Möbius atmete tief ein. „Du warst Dreher. Der IM hieß ‚Fräskopf'.
Dämmert da was? Drehen – Zerspanen – Fräsen. Verstehst du?"
Er genoss das Deduktive seiner Bemerkung.

„Was beweist dieser Schwachsinn?" entgegnete ich bissig. „Ist
jeder Bäcker ein ‚IM Brötchen'? Jeder Anwalt ein ‚IM Notar'? Für
wie dumm hältst du die?"

Möbius konterte: „Die haben nie und nimmer damit gerechnet,
dass alles einmal rauskommt. Die haben sich's eben leicht
gemacht."

„Wieso benutzten sie dann Decknamen?"

„Ich weiß das nicht. Doch es wird alles ans Licht gezerrt."

„Herrgott, was steht denn nun dazu in der Akte?"

„Jaa… Stell dir vor, meine Systemferne wird angesprochen. Ich
möchte jetzt nichts Näheres sagen. Nur so viel, als dass mir
Bemerkungen bezüglich der geschichtlichen Vergangenheit
Deutschlands herausgerutscht sind und dass sich das Ganze in
deiner Wohnung abgespielt hat!" Möbius starrte mich an.

„In meiner Wohnung?"

„Genau, und das ist mein Trumpf." Er blätterte und fand die Stelle.
„Hier steht: ‚In der Wohnung des S. …' Man hat den Namen
unleserlich gemacht. Aber die Räumlichkeiten werden ein wenig
beschrieben. Es war zweifellos deine Bude, Schinzel! Also leugne
es nicht länger…"

„Nicht so schnell." Ich zündete mir eine neue Zigarette an. „Ganz
langsam. Ein ‚IM Fräskopf' bespitzelt in meiner Wohnung meine
Kumpels. Es ist erstaunlich, was sich hier so alles zugetragen hat.

Nur möchte ich wissen, vor wem du die Bemerkungen über die geschichtliche Vergangenheit herausgelassen hast?"

„Es war in deiner Wohnung", untermauerte Möbius seine Behauptung. „Na und? Obwohl, mir fällt ein, es gibt auf jeden Fall einen, der das mit angehört haben muss. Überleg doch mal, ich bin in meiner Wohnung und es heißt: ‚In der Wohnung des S.' Kann ich selbst das sein? Es muss eine dritte Person sein."

„Wer?"

„Nun, Lehmann zum Beispiel." Ich war plötzlich Herr der Situation. Möbius wurde unsicher. Er sah mich lange an. Dann verlangte er eine neue Zigarette. Seine Miene verfinsterte sich. „Du willst behaupten, dass Lehmann..."

„Ich behaupte nichts. Ich vermute nicht mal. Ich ziehe in Betracht. Du glaubst jedoch, dass ich..."

„Ich weiß nicht", sagte Möbius langsam, „Lehmann..." Er leerte sein Bier und erhob sich. „Ich gehe. Aber die Sache ist noch lange nicht ausgestanden." Sein Blick glitt über mein Mobiliar. „Das hat ein Nachspiel."

Doch ich geleitete ihn siegessicher zur Tür. „Mensch, Kopf hoch", sagte ich. Übrigens: Lehmann - Telekom – Telefon - abhören. Verstehst du? Der war schon immer bei dieser Truppe."

Möbius' Gesicht verfiel. Danach entfernte er sich.

Bald darauf erhielt ich meine Akte. Mir war schon beim Beantragen flau im Magen gewesen, als würde ich Verbotenes tun. Aber die Hinweisschilder und der freundliche Herr...

Jetzt, zuhause, wurde mein Zustand noch merkwürdiger. Allein der Gedanke, eine Akte zu besitzen, machte mich nervös.

Ich setzte mich auf das Sofa und legte die Mappe auf den Tisch. Er war gefliest, und akkurat, auch um Zeit zu gewinnen, lancierte ich das Schreiben so, dass ihr linker Rand mit einer Fuge abschloss.

Zunächst starrte ich sehr lange auf die Akte. Dann holte ich Bier und Zigaretten. Zum ersten Mal wurde mir klar, was für eine Macht das geschriebene Wort hat. Das geschriebene Wort... Ja, es kann womöglich Menschen läutern, heilen, aber auch zerstören. Täglich werden Tausende von Büchern verfasst, und niemand liest sie. Plötzlich wirft ein Mensch einen flüchtigen Blick auf eine Seite, und er ist am Ende. Oder er ist begeistert und fängt selbst an zu schreiben. Oder er liest seine Akte... Ich schreckte auf. Ich hatte sie vergessen. Da lag sie nun. Doch kurz darauf machte ich kurzen Prozess und blätterte darin.

Die Tage wurden kürzer. Es begann zu schneien. An einem Abend klingelte es an Möbius' Tür. Er öffnete. Ich stand draußen, hatte eine Akte unter dem Arm und fror.

Möbius freute sich und ließ mich ein. Doch aus den Augenwinkeln beobachtete er die Mappe. „Rein in die gute Stube", sagte er. „Warst du übrigens mal wieder bei Lehmann? Hab lange nichts mehr von dem gehört."

„Was denn, du auch nicht? Und mir hast du so zugesetzt." Ich kämpfte mich aus dem Mantel. Dabei zog ich eine Flasche Jägermeister aus der Innentasche. Wir traten ein und nahmen Platz. Möbius sah mich vorwurfsvoll an. „Du hast dich rar gemacht." - Ich wollte witzig sein. „Ja, ich war lange auf der Suche nach einem Gesuch zwecks eines Besuches."

Möbius sagte lakonisch: „Du liest wahrscheinlich zu viele Akten."

„Irrtum, nur meine."

„Ach. Ob Lehmann seine schon hat?"

„Keine Ahnung. Ich hab meine. Und das reicht mir. Die Dinge ändern sich", meinte ich unvermittelt und öffnete den Jägermeister. Möbius holte Gläser. Er schien froh, etwas tun zu müssen. „Was ändert sich?" Er stand noch mit dem Rücken zu mir und suchte über Gebühr lange im Schrank. Dann stellte er die Gläser auf den Tisch. Ich füllte sie, wir stießen an. „Die Dinge und das Leben", sagte ich. „Bist du nicht scharf auf meine Akte?"

„Du wirst mir bestimmt gleich alles erzählen."

„Nun, einiges." Ich betrachtete Möbius und zündete mir eine Zigarette an. „Ist dir ein ‚IM Amtmann' ein Begriff?"

Möbius verschränkte die Arme. „Nein, bisher nur ‚IM Fräskopf'!"

„In meinen Papieren hier steht ein ‚IM Amtmann'. - Das würde zu dir passen."

„Was soll diese Beschuldigung?" erregte sich Möbius. „Das ist doch wohl ein schlechter Scherz. Ich war vielleicht schon mal besoffen wie ein Amtmann…"

Ich hob eine Hand. „Bevor wir diskutieren, lese ich dir etwas vor." Ich schlug die Akte auf, suchte und begann: „S. Wohnung liegt nach dem Hof hinaus…"

„Ach", sagte er wieder. „Das haben ja wohl alle gewusst."

„Unterbrich mich nicht. Es war sowieso die falsche Stelle." Ich nestelte in den Seiten. „Ach, ja, hier steht sogar eine Überschrift: Observierung durch ‚IM Amtmann'… Bla-bla-bla… Bezüglich der angeblichen Mangelwirtschaft im Staat äußerte sich S. oft abfällig…"

„Halt!" fiel Möbius mir ins Wort. „Wieso in Gottes Namen soll ich ‚IM Amtmann' sein?"

„Es war in meiner Wohnung, ich soll mich angeblich oft geäußert haben, und du hast mich oft besucht."

„Nein, Schinzel, da drin steht, du bemängelst die angebliche Mangelwirtschaft und hast dich oft dazu geäußert. Ich war außerdem nicht so oft bei dir, wie du vermutest. Und im Übrigen musst du zugeben, dass du dich tatsächlich oft geäußert hast. Abfällig."

„Soso. Vor dir brauche ich mich nicht nachträglich rein zu waschen. Du hast mir, wenn ich mich recht erinnere, damals sogar zugestimmt."

„Na also. Ich war deiner Meinung."

„Möbius, warum wirfst du sie mir dann vor?"

„Ich werfe sie dir nicht vor. Ich habe sie betont. Es war ja die Wahrheit."

Ich fragte: „Was ist Wahrheit?"

Möbius fragte: „Wer ist ‚IM Amtmann'?" Wir erhoben uns und durchschritten das Zimmer. Dann blieben wir voreinander stehen. Möbius stand mir, wenn ich es mir überlegte, sehr nahe. Aber jetzt stand er nur noch sehr nahe bei mir. Nun erst bemerkte ich seine wahre Größe, obwohl Möbius klein von Wuchs war. Klein, aber stämmig. Und muskulös. Es gibt Menschen, die man eher zum Freund hat denn zum Feind. Einer davon war Möbius. Ich schaute über seine Schulter hinweg zum Glasschrank. „Es braucht Zeit, passende Gläser zu finden", sinnierte ich laut.

„Was soll das?" Möbius sah mich an.

„Bei mir geht's auch um '87. Du warst damals bei der Post,

als ich mich abfällig äußerte. Ich will mal kombinieren, Möbius. Post – Postamt – Amtmann, was fällt dir auf?"

Möbius wurde rot. „Post – Postamt – Amtmann", echote er. „Amtmann – Mannheim – Heimleiter. Was ist das für ein Irrsinn?"

„Möbius, setz dich. Immer schön ruhig." Ich drückte ihn sanft und lächelnd in den Sessel, obwohl er sich wand wie ein gefesselter Held. „Trink einen!" forderte ich ihn auf. „Amtmann!" wiederholte er sarkastisch und schenkte sich nach.

Ich sah Möbius an. „Getroffene Hunde bellen!"

„Stille Wasser sind tief!"

„Jägermeister ist teuer!"

„Denke ja nicht, dass der billig zu genießen war. – Amtmann." Möbius vergrub das Gesicht in den Händen. Dann blickte er auf und sagte erneut: „Amtmann. Blödsinn! Amtmann, Blödmann, Bergmann, Lehmann..." Möbius hielt inne. Wir versteinerten. Kurz danach boten wir uns gegenseitig Zigaretten an. Wir beschlossen, ihn aufzusuchen.

Nach dem üblichen Hämmern an Lehmanns Tür drehte dieser die Musik leiser und ließ uns ein. Wir waren in langen Ledermänteln erschienen, um unserem Auftreten einen gebührenden Rahmen zu geben. Möbius hatte sie aus dem Nachlass seines Großvaters. Meiner passte nicht so recht. Lehmann sah an uns herab. „Placiert euch. Ich habe schon gewartet." Mein Blick schnellte zu Möbius. Lehmann schlurfte in die Küche. Wir entledigten uns der Mäntel, die offensichtlich ihre Wirkung verfehlt hatten. Lehmann brachte aus der Küche einen Sechserpack Bier mit. Wir setzten uns. Wir waren gekommen, um Lehmann gefügig zu machen, doch auf dem Tisch standen nun achtzehn Bier. Wie ähnlich wir uns doch waren. Den ersten Pack öffnend, unterbrach Möbius die Ruhe: „Wir haben uns lange nicht gesehen."

„Ja", sagte Lehmann.

„Warum meldest du dich denn nicht?" fragte ich ihn.

„Niemand hat sich gemeldet." Lehmann trank.

Möbius legte den Kopf schräg. „Was denkst du, warum wir hier sind?" - „Ich denke, dass ihr euch endlich offenbart."

„Wir haben unsere Akten erhalten und gelesen", äußerte Möbius.

„Ich auch", sagte Lehmann.

„Ach was…" Möbius war erstaunt. Lehmann begann, weitere Biere zu öffnen. Ich wandte mich nun auch an ihn: „Um gleich zur Sache zu kommen, uns ist aufgefallen, dass bei Observierungen in meiner damaligen Wohnung jemand zugegen gewesen sein muss, der sowohl mich als auch Möbius bespitzelt hat und gezielt Informationen weiterleitete."

Lehmann griff nach einer Zigarette. „Der dritte Mann."

„Ja", sagte ich und überlegte. „Sag mal, Lehmann, was ist überhaupt aus der Gitarre geworden, die ich dir…"

„Nicht jetzt, Schinzel", forderte Müller.

„Kann ich auch was zum Thema sagen?" Lehmann rückte sich auf dem Sofa zurecht. „Ich habe, wie bereits erwähnt, auch meine Akte erhalten. In ihr, aus dem Jahr '87, ist von einem ‚IM Stahlpaket' die Rede."

Möbius wischte den Einwurf mit einer Handbewegung weg. „Komm zur Sache, Amtmann."

„Was meinst du damit?" Lehmann verstand nicht.

Möbius sprach weiter: „Wir sind aktenerfahren. Rede nur."

„Also gut." Lehmann wies mit seinem langen Finger auf mich. „Du, Schinzel, warst Zerspaner, daher der Deckname ‚Stahl', und du, Möbius, das ‚Paket', dessen Bezeichnung aus deiner Tätigkeit als Postbote herrührte."

„Ich bin kein Bote gewesen." Möbius war erbost.

„Wie auch immer", echauffierte sich Lehmann. „Ob Bote oder Zusteller, ihr habt mich gemeinsam bespitzelt."

„Bewieise, Lehmann, Beweise!" Mit Möbius an meiner Seite fühlte ich mich stark. „Was steht geschrieben?" - „Geschrieben steht: Sage nichts Unwahres über deine Mitmenschen. Aber darum geht es jetzt nicht. In S. Wohnung geschah es. Hier steht…" Lehmann jonglierte seine Akte unter dem Tisch hervor, die ein Fach barg und suchte. „…L. macht in letzter Zeit, namentlich am elften und zwölften vierten von der Äußerung Gebrauch, einen Ausreiseantrag zu stellen. Ihm behagt es nicht etc… Alles von einem IM Stahlpaket."

„Du meinst", fauchte Möbius, „ich hätte mich ausgerechnet mit Schinzel zu einer Observierungseinheit zusammengeschlossen, um dich zu bespitzeln?"

„Was soll das heißen, Möbius? Wäre ich dir nicht zu fein?"

„Das hat damit nichts zu tun." Möbius zündete sich eine Zigarette an. „Schinzel, du weißt, wir sind selbst bespitzelt worden – von Amtmännern und Fräsköpfen." Dann fixierte er Lehmann. Doch der unterbrach den Streit: „Läuft es – wie mir scheint – darauf hinaus, dass wir uns angeblich alle drei gegenseitig aushorchten? Das halte ich für Schwachsinn." Wir nahmen es eigenartigerweise erleichtert zur Kenntnis. Es wurden endlich wieder ein paar Flaschen geöffnet. Und ein langes Schweigen entstand.

Noch nie hatten wir drei uns derart angeschwiegen. Wenn sich Menschen nichts sagen, hat man den Eindruck, dass jede der Bewegungen, die man tut, genauestens beobachtet wird. Man ist verunsichert, will verlegene Gebärden vermeiden und wird umso nervöser. Man unterlässt es schließlich sogar, sein Gegenüber anzusehen. Denn wenn man jemanden anblickt, ohne zu sprechen, wirkt es peinlich.

In dieser Ratlosigkeit tranken Möbius und ich das Bier aus, und wir rüsteten zum Aufbruch. Lehmann begleitete uns zur Tür. „Wir müssen drüber schlafen und zu uns selbst finden."

Möbius erwiderte: „Mir ist rätselhaft, wie du das meinst."

„Mir auch", sagte ich.

„Mir auch", sagte Lehmann.

Zehn Minuten später klingelte es erneut an Lehmanns Tür. Er öffnete. Ein adrett gekleideter Herr in mittleren Jahren stand vor ihm. „Herr Lehmann?"

„Ja?"

„Mein Name ist Hase. Ich muss mit Ihnen reden."

„Sollte ich Sie kennen, Herr Hase?"

„Nein, Herr Lehmann. Das ist schier unmöglich. Aber hier im Hausflur… Dürfte ich vielleicht eintreten?"

„Bitte. – Nun, ich habe etwas Unordnung…"

„Das macht nichts." Hase blieb im Mantel und betrat das Wohnzimmer. Sein Blick fiel auf die vielen Flaschen. Lehmann räumte ein: „Ich hatte Besuch…"

„Ich weiß."

Lehmann hielt inne. „Was wissen Sie?"

„Ich weiß alles." - „Wie war noch Ihr Name?" fragte Lehmann.

„Lassen wir diese Spitzfindigkeiten. Ich komme in einer ernsthaften Angelegenheit zu Ihnen."

„Nehmen Sie Platz. Was führt Sie zu mir?"

„Es ist nicht leicht für mich gewesen, Sie aufzusuchen. Ich habe Angst – und vieles mehr..." Hase kam ins Stocken. Lehmann bot ihm eine Zigarette an. „Nun reden Sie doch. Niemand hört uns zu."

Der Mann im Mantel sah auf. „Ich wäre mir da nicht so sicher."

„Herr Hase, was wollen Sie?"

„Es tut mir alles sehr leid. Aber Sie müssen mich auch verstehen."

„Ich verstehe nicht..."

„Herr Lehmann, um es kurz zu machen: Ich war damals – in diesem unheiligen Jahr '87 – Elektriker." Hase unterbrach sich, um die Bedeutung seiner Worte zu unterstreichen. Lehmann furchte nach geraumer Zeit die Stirn. „Ist das möglich?" murmelte er.

Hase fuhr fort: „Mitte der Achtziger war ich Elektromonteur, angestellt beim Ministerium des Innern. Ich galt als sauber. Wir führten unsere Arbeit ausschließlich in deren Räumlichkeiten aus. Davon gab es genügend.

Eines Tages lernte ich bei der Feier eines Bekannten eine junge Frau kennen, die aufgrund einer Tagung im Land weilen durfte. Sie war Physikerin. – Aber sie wohnte in Heidelberg. Sie wissen schon, drüben."

Lehmann nickte. Hase hüllte sich in seinen Mantel. Er schien immer kleiner zu werden. „Ich traf mich in der Kürze der Zeit mit ihr einige Male, gab vor, Überstunden zu machen. Gott, ich hatte irgendwie eine Schwäche für sie. Ja – und genau das bekamen die raus. Sie wissen schon. Und ein paar Tage später, die Frau war längst wieder im Westen, besuchten mich vormittags zwei Herren. Ich litt an einer Grippe, war daheim..."

„Herr Hase..."

„Sagen Sie nichts. Ich war doch verheiratet und hatte Kinder im schulpflichtigen Alter." Hase wirkte eine Spur grauer im Gesicht. Lehmann offerierte ihm Jägermeister. Hase lehnte ab und erkundigte sich stattdessen nach Bullrich-Salz. Lehmann hob die Brauen und eilte zu einem Schrank, kam zurück.

„Die zwei Besucher", Hase schluckte eine Tablette, „zeigten mir Fotos, auf denen ich mit meiner Freundin während eines Kusses zu sehen war. Eindeutig erkennbar. Um meine Familie zu erhalten, ging ich auf das Angebot ein, eine Wohnung mit einer Wanze zu versehen..."

„Wie kam man auf Schinzels Wohnung?" fragte Lehmann, der diesmal verstand.

„Es gab damals gewisse Richtlinien. Die Unruhen in der Bevölkerung... Sie wissen schon. Man wollte Gruppierungen auf die Schliche kommen. Deshalb wurden Wohnungen auserkoren, in denen Personen verhältnismäßig lange zu feiern schienen. Dort, wo bis weit nach Mitternacht noch Licht brannte.

Dann kam es da irgendwann zu einer elektrischen Panne, und ich musste ran. Ich verwanzte die Bude. Ich kam in Arbeitssachen. Nichts wurde bemerkt, man hat mir noch Kaffee bereitet. Na ja, Elektrik und Strom, da schaut keiner großartig zu, Sie wissen schon.

Der Mohr tat seine Schuldigkeit. Sie hörten die Leute ab, fertigten Akten an, die getürkt waren und irgendwelche IM's auswiesen, die es nicht gab. Sie wollten dadurch Verwirrung stiften. Die Firma dachte wohl auch schon an die Zeit nach der Sintflut. - Ich hab das mal belauschen können, als man mich vorlud, weil ich aufbegehrte. Es wurden der Wohnungen mehr…" Hase's Tirade verstummte.

Lehmann sah ihn lange an. „Sie sind ein ehrlicher Mensch. Und meine Kumpels haben keinerlei Schuld. Doch wieso jetzt die Offenbarung, das müssen Sie mir erklären."

Hase seufzte. „Nun, es ist so: Meinen damaligen, sagen wir mal, Führungsoffizier, hatte ich bei der Wende aus den Augen verloren. Und durch die vielen Umstrukturierungen, Sie wissen schon, bin ich als Elektriker doch wieder in einer Firma gelandet. Mit viel Glück. Doch nein, ich musste mit Entsetzen feststellen, dass mich dieser Ex-Offizier erneut führte, diesmal auf den Lohnlisten als mein Chef. – Doch es kam noch schlimmer. Denn er bemerkte, wer ich bin, und da hat er mir den blauen Brief geschickt. Wirtschaftliche Gründe. Sie wissen schon."

„Das wird ja immer unglaublicher", sagte Lehmann. „Hat dieser Mensch keine Angst gehabt, dass Sie ihn anzeigen?"

„Wie soll ich ihn anzeigen?" meinte Hase entmutigt. „Ich habe keine Beweise."

„Aber irgendwie hätten Sie sich wehren müssen!"

„Hören Sie auf, Herr Lehmann. Er hätte mich trotzdem entlassen, gerade deshalb. Meine Familie hätte überdies alles erfahren. Von den wenigen Freunden, die mir geblieben sind, ganz zu schweigen. Und in meinem Alter noch einmal von vorn anzufangen…" Mit zitternden Händen zündete sich Hase eine Zigarette an. Sie blieben eine Zeitlang still.

Lehmann sah auf ihn, der Täter war und Opfer zugleich. „Herr

Hase – ich schlage vor, Sie gehen jetzt nach Hause. Ich sehe, die Sache hat Sie viel Nerven und Überwindung gekostet. Wir werden gemeinsam sehen, was sich tun lässt. Mir sind aus allem keine spürbaren Nachteile erwachsen. Ich geb Ihnen meine Telefonnummer. Beruhigen Sie sich im Kreise der Familie. Ich danke Ihnen jedenfalls für Ihre Offenheit." Lehmann erhob sich. „Ich muss morgen zeitig raus. Für heute reicht's mir. Ich hatte vor Ihnen bereits Besuch. Sie wissen schon." Er schrieb und reichte Hase einen Zettel, brachte ihn zur Tür.

Am nächsten Tag fand die Polizei Hase's Leiche. Er hatte sich nahe Lehmann's Wohnblock an einem Parkbaum erhängt.
Lehmann verhaftete man eine Woche später wegen Mordversuchs. Er hatte herausbekommen, wo Hase's ehemaliger Arbeitgeber wohnte. Als er im Begriff war, ihn zu erwürgen, überwältigten beherzte Bürger Lehmann vor dem Anwesen des Opfers.
Schinzel und Möbius besuchen sich seit dieser aufwühlenden Zeit nicht mehr. Sie führen ein biederes Dasein, und jeder der beiden versucht, das Beste daraus zu machen.

Die Eule

Ich fand die kleine Eule niedlich. Ein ehemaliger Klassenkamerad hatte sie mir zum Geburtstag geschenkt. Ein junges Mädchen freut sich immer über Dinge, die nicht ganz so gedankenlos übereignet werden.

Sie bestand aus Steingut mit weißem und unschuldigem Leib; braun bemalt war die Maske mit den weisen Augen, dem Schnabel, den angeschmiegten Flügeln am Körper. Einsam stand das Tierchen auf meinem Wohnzimmertisch, wenn ich des Abends fernsah oder etwas las. War ich beidem überdrüssig, entspannte ich und mein Blick wanderte zur Eule. Versonnen betrachtete ich sie oft. Bei Kerzenlicht bekam der Gegenstand einen flackernden Schatten und begann scheinbar zu leben. Es sah fast so aus, als ob die Eule hin und her hüpfte. Manchmal dachte ich dabei an meinen ehemaligen Schulkameraden. In meine Erinnerung schob sich sein Gesicht, und mein Eindruck war, dass er etwas Eulenhaftes an sich hatte. Es gibt Hundebesitzer, die ihrem vierbeinigen Freund ähneln. Ich entsann mich einer Exkollegin, welche einmal ein Bügeleisen gekauft hatte, ein extrem schmales, spitz zulaufendes. Das verglich ich immer mit ihren dünnen hochhackigen Schuhen. Vielleicht ist es so, dass das, was wir uns anschaffen und mögen, wie ein Teil von uns wirkt, unverwechselbar, es verrät uns.

Ich beobachtete abendlich die Eule, gewann sie lieb, knabberte Gebäck dazu. Doch ging etwas Unheimliches von ihr aus, wie sie so starr auf der Tischplatte hockte, die kleinen runden Augen geradeaus gerichtet.

Sie war wohl zu allein, und ich beschloss, ihr einen Gefährten zu besorgen. Anderntags standen zwei Eulen auf dem Tischtuch nebeneinander. Die erste sollte sich nicht vereinsamt fühlen. Dieser Anblick erfreute mich, ich konnte, wenn die Sonne sank, wieder beruhigter meine Geschichten lesen und schob die zwei Eulen zusammen.

Doch auch jetzt, wenn ich eine Seite meiner Lektüre beendet hatte, schielte ich zu den beiden Gesellen hinunter. Ob sie sich wohl vertragen würden? Aber wie konnte ich solche einfältigen Gedanken haben? Ich schüttelte den Kopf.

Ich lebe allein, wenn mein Tagwerk vollbracht ist, mache ich es mir gemütlich. Mir bleibt bei den bescheidenen Geldmitteln nichts übrig, als fast immer zu Hause zu sein. In meinen vier Wänden fühle ich mich wohl. Die Abende sind lang und ruhig. Man kann nur so leben, wie es einem möglich ist.

Nach einiger Zeit kam es mir so vor, als ob sich die zwei Eulen tatsächlich nicht mögen würden. Sie waren verschiedener Anfertigung, gut, aber sie wirkten gegensätzlich, einander abweisend. Ich rückte sie enger zusammen, doch es schien noch grotesker. Ich ließ eine größere Lücke zwischen ihnen, das erhöhte wiederum ihre Feindseligkeit.

Schließlich erwarb ich eine ganz winzige Eule, um ein Bindeglied zu schaffen, die Parteien zu versöhnen. Doch hatte ich eine schlechte Wahl getroffen. Das neue kleine Tierchen war wie verloren neben den beiden Großen, wie zufällig hineingesetzt.

Kurz darauf besuchte mich eine Freundin. Nach den üblichen Floskeln meinte sie, die Eulen seien eine seltsame Mischung. Das ließ mich nicht los. Eine seltsame Mischung! Wie sollte ich nun

Gemeinsamkeiten herstellen, wenn sie so verschieden waren?

Mir kam der Gedanke, vielleicht ein paar Eulen hinzuzukaufen. Zwei oder drei, um eine Gruppe beisammen zu fügen. Das würde reichen. Eine kleine, nette Eulengruppe, zur Zierde, etwas Besonderes, den Gästen ins Auge fallend.

Bald besaß ich mehrere dieser Tiere mit Stein- oder Holzgefieder, mittelgroße Exemplare, setzte sie gleich Schachfiguren, die Masken zueinander, dann wieder nach außen gekehrt, wie um einen imaginären Mittelpunkt.

Doch kam ich nunmehr kaum zum Lesen. Die Gruppe der Eulen auf dem Tisch lenkte mich ab. Beständig schienen mich die Tiere anzustarren, ja anzuklagen. Endlich räumte ich ein offenes Fach in einem Schrank frei und sortierte sie etwas weiter entfernt von mir für jeden sichtbar hinein. Es war fürwahr ein schöner Anblick. Eulen besitzen eine Art stolzer plumper Ästhetik. Ihre Weisheit, ihre Ruhe strahlen aus. Bald konnte ich wieder still auf der Couch sitzen und lesen, dahinbrüten, den Tag Revue passieren lassen.

Meine Freundin beehrte mich mit einem erneuten Besuch und betrachtete lächelnd die Gruppierung der Vögel. Sie fragte, ob ich wohl zu sammeln begänne und bemerkte, es hätte was für sich, sehr originell. Ich fühlte mich verladen. Was sich doch die Leute so denken! Loben sie etwas, empfindet man ihren Zynismus. Tadeln sie, spürt man den Neid. Und seltsam, auch die Freundin schenkte mir kurze Zeit später ein weiteres Tier dazu. Einen hölzernen Kauz, eher klein, aber sehr lebensecht.

Die Schar der Eulen war auf acht angewachsen. Doch eine gerade Zahl gibt kein Bild, wirkt steif, fast militärisch. Das wollte ich nicht. Ein Bekannter hatte mir geraten, dass man auf dem Trödelmarkt das Beste erwischt. Dort gingen mir die Augen auf. Zwei Tiere gefielen mir besonders. Ich wählte aus, verwarf, eilte zurück, zweifelte, wollte alles beenden und gleichzeitig viele davon kaufen. Ich einigte mich mit mir schließlich auf drei sehr schöne Uhus. Unter Sammlern nicht so teuer, aber schlucken musste ich dennoch.

Am Abend im Schrankfach waren sie herrlich anzuschauen. Eine wirkliche Bereicherung! Ein Hobby, welches Spaß machte!

Die Trödler zogen weiter, und meine Schritte lenkten mich wohl kaum durch Zufall von nun an in die Nähe der Kleinwarenläden. Die Auswahl in den Schaufenstern zog mich in ihren Bann. Die bescheidenen Mittel in der Geldbörse zählend, gab ich mir manches Mal einen Ruck und kaufte zu. Es schien so viele Arten zu geben, dass ich der Meinung war, Eulenproduzenten und - fabrikanten hätten die Hand im Spiel. Doch zügelte ich mich bald. Das kleine Fach im Schrank bot zwar Raum, aber es musste genügen. Abends beim Lesen sah ich häufig hinüber. Die Eulen waren mein ganzer Stolz.

Bei einem Jubiläumsgeburtstag schenkte mir ein Freund eine sehr große originalgetreue Eule aus feinem Holz. Ich war wahnsinnig vor Freude. Sie sollte einen Ehrenplatz erhalten, weitab von den übrigen Käuzen. Ich stellte sie einzeln. Sie thronte oben auf einem Schrank, und ich musste immer wieder hinblicken.

Viel später kam mir die Idee, die Eulen im Zimmer zu verteilen, in alle Zimmer. Ich hatte mittlerweile viele davon. In Gegenwart dieser Tiere fühlte ich mich wohl. Sie strahlten tatsächlich Ruhe aus. Die große beließ ich an dem angestammten Platz im Wohnzimmer, hoch oben. -

39

Die Vorliebe der Menschen findet an Feiertagen ihre Gönner. Zu Weihnachten bekam ich eine zweite große Eule, ebenfalls hölzern, sehr verschieden von der ersten, aber interessant. Die starren runden Augen, der gebogene Schnabel, das Gefieder wie der Umhang eines Richters im Verhandlungssaal. Sehr schön!

Die Wochen gingen dahin, und ich konnte an keiner Eule in den Auslagen der Geschäfte vorbeigehen, ohne sie zumindest begutachtet und eingeordnet zu haben. Längst besaß ich ein Buch über die Nachttiere und war gewissermaßen Fachmann.

Die Freundin lächelte stets über mein seltsames Faible. Doch konnte sie nicht groß widersprechen. Sie selbst hatte kein Faible, was sie in meinen Augen arm machte.

Im Laufe der Zeit erwarb ich noch drei große Eulen, welche ich im Wohnzimmer verteilte. Mit stoischer Ruhe ergaben sie sich in ihr Schicksal. Das Fach im Schrank war mit den kleineren Tieren gefüllt, fast jede freie Stelle hatte einen Kauz oder Uhu zu bieten. Es musste genug sein.

Abends beim Lesen glitten meine Augen über die verschiedenen Exemplare; bei vielen war der Blick zur Seite gerichtet, bei einigen geradeaus. Keine glich einer anderen. Doch leider wirkten sie starr, bewegungslos, fast leblos.

Ich hatte mich in die Literatur über diese Lebewesen vertieft; wenn ich eines Buches habhaft werden konnte, musste ich es kaufen. An manchen einsamen Abenden las ich diese Broschüren von den lautlosen Jägern und fragte mich, warum ich sie eigentlich sammelte. Wie hatte es angefangen? Wann war der zündende Moment gekommen? Warum hortet man überhaupt? Es scheint ohne Sinn. Man umgibt sich mit den zusammengetragenen

Utensilien, und dann sind sie eben nur da. Sind sie Sehnsucht, Fetisch? Ich wusste es nicht.

Durch Platzmangel war vorerst ein Ende gesetzt. Das sah ich ein. Beim Putzen standen mir die Eulen allerdings im Weg, es bereitete Mühe. Deshalb gruppierte ich sie manchmal um.

Und das Merkwürdige war: Wenn ich über einem Buch brütete, begannen mich diese stillen Brüder sogar mitunter zu stören. Sie hockten, starrten; in ihr Antlitz schien sich mehr und mehr Klage und Vorwurf zu mischen. Warum sind wir hier? Ich schob es auf mein Alleinsein, dass mich das alles nervös machte.

Eines Tages in der Dämmerung sann ich über meine bescheidenen Geldmittel nach, ließ erneut den Tag vor meinem inneren Auge vorbeiziehen. Was bringt man im Leben schon zuwege? Es ist nicht viel. Man kämpft, verbissen, ziellos. Man will über die Runden kommen. Über welche Runden? Über die Stadionrunden, an deren Ziel der Sensenmann wartet? Für die Tiere ist es einfacher. Sie denken nicht soweit. Für sie zählt Instinkt, Fortpflanzung, Erhaltung der Art. Für den Menschen zählt Anhäufung von Werten, es symbolisiert das Schwellen des Hahnenkamms.

Nein! Ich war zufrieden. Mir fiel keiner auf den Wecker. Ich holte mir ein Glas Rotwein, zündete eine Kerze an, und das wohltemperierte Getränk durchströmte meinen Körper. In meinen vier Wänden war ich doch König! Der Wein tat gut, und das unscheinbare Flackern des Inseltlichts verursachte Wohlbehagen. Ich starrte lange nachdenkend in die Flamme, bis mich eine unmerkliche Bewegung erschreckte. Wo rührte sie her? Nichts im Zimmer hatte sich verändert. War ich ein Opfer meiner Sinne? Der

41

Wein? Wieder suchte mein Blick das Kerzenfeuer. Warum sieht man so gern in die Flamme, die doch Schmerz, Verbrennung und Tod bedeutet? Es muss etwas Archaisches in uns zurückgeblieben sein. Gares Fleisch, Wärme und Schutz vor wilden Tieren. - Da! Wieder eine Bewegung, ein Zucken. Diesmal konnte es keine Täuschung gewesen sein. Wie unter einem inneren Zwang sah ich zu der großen hölzernen Eule empor, die auf dem Stubenschrank saß. War es das Flackern der Kerze, das mir eingegeben hatte, dass die Eule sich bewegte? Ein Gegenstand kann sich nicht von allein verrücken. Ich erhob mich und trat auf das Tier zu, das stoisch vor mir thronte. So hatte ich es nicht hingestellt. Es schien um einige Grad gedreht. Vielleicht war die Eule beim Putzen verschoben worden. Resigniert wandte ich mich zum Fenster und sah auf die dunkle Straße, die hier noch Gaslaternen säumten. Es war längst Nacht. - Der Tag bringt nicht nur Stress und Unaufhaltsamkeit und die Finsternis nicht nur Behaglichkeit und Ruhe. Es gibt dazwischen noch die unwägbaren Dinge, auf die man nicht gefasst ist. Manchmal erschreckt uns ein nächtlicher Glockenklang, tags darauf eine frohe Kunde. Auch das Glück kommt unheimlich daher. Die dunkle Straße mit den Gaslaternen...

Ich vernahm plötzlich ein gedämpftes Geräusch hinter meinem Rücken. Ich fuhr herum. Mein Blick fiel wiederum auf die Eule. Ich glaubte meinen Augen nicht zu trauen. Hatte sie nicht eben ihr Gefieder angelegt? Ich wich zurück, sank auf die Couch und starrte angstvoll das große Tier an. Was war mit mir los?

Bald ging ich verwirrt zu Bett, schloss alle Türen sorgfältig und las bei Licht im Schlafzimmer lustige Geschichten, die mir schnell zuwider wurden. Ich löschte die Lampe und schlief unruhig ein. Im Traum legten sich zwei übergroße schwere Eulenflügel über mich und schienen mich zu erdrücken; ein Schnabel bohrte sich in meinen Brustkorb...

Schweißgebadet wachte ich auf, eilte ins Wohnzimmer, sah die Tiere und fing an zu weinen. Ein Satz stob durch mein Hirn: ‚Die Geister, die ich rief...' Dann duschte ich kalt.

Ich erzählte meiner Freundin am anderen Tag von den seltsamen Bewegungen, vom Ordnen des Gefieders dieser Eule. Die Freundin sah mich lange an. Sie ging und glaubte mir nicht. Kurzerhand verbrachte ich die großen Eulen in einem Pappkarton in die Bodenkammer. Das Fach im Schrank mit den kleineren Tieren beließ ich.

Am Abend wollte ich wieder ruhig lesen und blickte zu dem Fach hinüber. Doch mit einemmal drängte sich mir die Empfindung auf, dass die seitwärts gerichteten Augen der Eulen verstohlen die leeren Stellen auf den hohen Schränken fixierten. Sie schienen zu signalisieren: Wo sind unsere Schwestern? Ich vergrub meinen Kopf in den Händen und heulte enthemmt. Was geschah nur?

Ich bedeckte vehement die kleine Schar der Käuze mit einem Tuch. Ich rief meine Freundin an und ersuchte sie, zu mir zu kommen. Wir könnten plauschen... Doch sie war im Aufbruch zu einer Tanzveranstaltung. Sie verfügte über mehr Geldmittel. „Morgen vielleicht", sprach sie tröstend in ihren Hörer. Ich nahm zitternd wieder mein Buch. Ich konnte nicht mehr lesen. Nun störte mich das Tuch. Ich sah hinüber zum Fach. Waren meine Nerven zerrüttet? Hatte sich jetzt nicht der Stoff bewegt? Ein Aufbegehren der verhüllten Eulen? Ich schrie und schmetterte mein Weinglas in das Fach. Die rote Flüssigkeit hinterließ hässliche Flecken auf dem Teppich, eine Spur bis hin zum Schrank. Das Tuch verrutschte, einige Eulen zerbrachen und Scherben fielen herab, Glas und Steingut vermischt. Hölzerne kleine Käuze brachten sich schwankend in Ruhelage. Vor Angst vibrierend, zündete ich mir eine Zigarette an. Was hatte ich nur getan? Ich hatte meine Sammlung zerstört! Was ich einst so liebevoll zusammengetragen, in das schlug ich Lücken. Kämpfte ich nicht schon gegen meine gefiederten Gesellen? Verbissen sah ich mich um. Es war wieder ruhig im Raum. ‚Ich werde morgen aufräumen', sagte ich mir und ging zu Bett.

Vorm Schlafzimmerfenster, einige Schritte entfernt, spendete eine Laterne mattes Licht auf die Umgebung und fahl auf meine Ruhestatt. Ich sah durch die Scheiben, erschöpft und doch ohne Müdigkeit. Wie sollte es nur mit mir weitergehen?

Im Bett verfiel ich in einen Dämmerzustand und dachte an die heruntergefallenen Eulen im Wohnzimmer, an die hässlichen Rotweinflecken, an mich und die Geldmittel, an meine Freundin, die mich zu selten besuchte und an die großen Eulen in der Bodenkammer...

Ich hatte nicht geschlafen. Plötzlich rauschte es heran. Wie in Trance öffnete ich die Augen, schrak hoch und sah es! Ein riesiges, die Flügel ausbreitendes Tier verdeckte kurz das Licht der Gaslaterne, dann schob sich der Schein der Lampe wieder ins Sichtbare und ein mächtiger Körper prallte gegen das Fenster, rutschte herab. Die Scheibe zerbarst. Schlotternd zog ich meine Decke bis zum Kinn. Ein gigantischer Uhu klebte am Fenster, eines seiner runden Augen hatte sich in der Scheibe des zerbrochenen Glases verhakt. Ich schrie erneut auf. Der Uhu schlug mit seinen überdimensionalen Flügeln klatschend gegen die Reste des Fensters, dann löste sich sein Leib und sackte ins Nichts, entschwand meinen entsetzten Blicken. Ich stürzte aus dem Bett und rannte mit dem Kopf gegen eine Schranktür, immer wieder, bis ich das Bewusstsein verlor.

Im Krankenhaus erwachte ich. Neben mir standen auf einem kleinen Tisch eine Tasse, Orangensaft und eine Vase mit Feldblumen. Auf dem Bettrand saß meine Freundin und lächelte mich rücksichtsvoll an. Sie erzählte: Nachbarn hätten meine Mutter angerufen. Zusammen mit ihr, die einen Schlüssel zur Wohnung besaß, war meine Freundin hereingekommen, und sie hatten mich blutend vorgefunden.

Dann berichtete ich stockend von dem grausigen Vorfall. Doch mit gedehnten Worten trug mir meine Freundin vor, dass sie eine große hölzerne Eule vorm Fenster gefunden hätten. Und die Scherben der Scheibe hätten auf der Wiese gelegen. Sie lächelte matt.

Ich konnte das alles einfach nicht fassen. Vielleicht war das jetzt mit dem Krankenhaus ganz gut. Ruhe, Nachdenken, Neubeginn. Ich würde meine Wohnung total umräumen, die Eulen einem Sammler übereignen. Wie auch immer. Meine Freundin saß noch, und mitleidig ruhte ihr kalter Blick auf mir.

Dann hatte ich eine seltsame Idee. Diese Freundin, deren Augen, Ansichten und unerschöpflichen Geldmittel mir zuwider waren, bat ich darum, mir diese kleine weißbraune Eule ins Krankenzimmer zu bringen. Mir war eingefallen, dass ich sie als ersten

Gegenstand meiner unglückseligen Sammlung besessen hatte. Meine Freundin fragte, ob ich denn im Krankenhaus schon wieder damit anfinge. Ich verneinte, beteuerte, einen Schlussstrich zu ziehen, sie solle mir die Eule dennoch bringen.

Dann kam meine Freundin zum nächsten Besuchstag. Die sei wirklich niedlich, bemerkte sie und setzte das Tier liebevoll auf das Tischchen neben dem Krankenbett. Ich dankte und verschwieg, dass ich morgen schon mit der Entlassung rechnen müsse.

Der letzte Abend im Krankenhaus senkte sich hernieder. Meine Bettnachbarin, eine bejahrte Frau, berichtete mir oft in kurzen Auszügen von ihrem Leben, und ich beschloss, meines in Zukunft besser als bisher in den Griff zu bekommen. Als meine Nachbarin schlief, sah ich ein letztes Mal zur Eule hin.

Am anderen Morgen wurde ich aus dem Hospital entlassen. Die kleine Eule ließ ich zurück. Meine Freundin würde mich besuchen wollen... Ich verabschiedete mich von meiner Bettnachbarin und schloss leise die Tür hinter mir. Ein neues Leben sollte beginnen.

Nachmittags betrat meine Freundin das halbleere Krankenzimmer. Das Bett war sauber bezogen, die Utensilien weggeräumt. Die nun einsame Bettnachbarin bemerkte nur, dass ihre ehemalige Genossin diese komische Eule wohl vergessen hatte. Ob sie sie vielleicht mitnehmen könne. Natürlich, die Freundin sei nicht umsonst die Freundin, sie nähme die Eule mit. Wie sie das Tier hatte vergessen können... „Wer weiß", meinte die einsame Bettnachbarin vielsagend.

Und die Freundin nahm die Eule mit. Abends telefonierte sie mit mir diesbezüglich und meines Zuhauseseins wegen. Ja, bemerkte ich, ich mache rein Schiff, hätte viel zu tun, sie dürfe die Eule behalten, nicht Gewese drum machen, irgendwo hinstellen, was weiß ich, als Erinnerung ans Krankenhaus, wo ich einmal mich habe betten müssen. Ich sei doch früher entlassen worden als erwartet.

‚Na, nun wird sie ihr Leben ordnen', dachte die Freundin und stellte die Eule auf ihren Wohnzimmertisch. Sie war weiß und braun bemalt; die Maske hatte weise Augen; der Schnabel war gebogen und die Flügel an den Körper geschmiegt. Man kann sich auch freuen über Dinge, die ohne große Gedanken übereignet werden. ‚Unschuldig ist dieses Eulchen', dachte die Freundin. ‚Und die da ist drüber verrückt geworden, unglaublich. Wie das Leben so spielt.' Und die Freundin betrachtete am Abend die Eule auf dem Tisch. ‚Etwas unheimlich wirkt sie schon, so allein. Ich werde ihr einen Gefährten besorgen...'

Zwölf Jahre

Als Mr. und Mrs. Shatner feststellten, dass ihr Sohn Terry ein zwanghaftes Verhältnis zur Zahl Zwölf besaß, meldeten sie ihn bei einem Psychiater an. Die Eltern hatten ihm vordem ein klärendes Gespräch unter sechs Augen eingeräumt, bei dem jedoch nichts herauskam.

Alles, was Terry auch tat, es war mit einer Zwölf zu verbinden. Es hatte schon früher angefangen und sich beängstigend gesteigert, zumindest für ihre Auffassung. Das hatte sie schließlich aufgeschreckt. Sie waren aufmerksame Beobachter ihres sechzehnjährigen Sohnes. Er kehrte sich immer mehr nach innen und wurde seltsam gründlich. Das bewog die Shatners, den Arzt aufzusuchen und einen Termin zu vereinbaren.

Terry hatte unumwunden zugegeben, dass er die Zwölf verehrte, doch verschloss er sich den Eltern und meinte nur, er wüsste nicht, wo er herrühre, dieser merkwürdige Hang zu der Ziffer. Dem Treffen mit dem Mediziner gab er nach anfänglichem Widerstreben nach.

Viertel nach elf betrat Terry die Praxis von Dr. Limerick. Der Vorraum war leer. Er schien heute Vormittag der letzte Patient zu sein. Die junge Frau an der Anmeldung sah Terry prüfend an.

„Ich habe einen Termin", sagte er. „Zum Glück bin ich ja gleich dran. Es ist bald zwölf."

Die Frau nickte beruhigend. „Dr. Limerick wird sie gleich hereinbitten." - Terry setzte sich auf einen Stuhl. Nach einer Weile öffnete sich die Tür des Arztraumes. Ein Mann mittleren Alters erschien im Flur. Er sah Terry mit einem bewundernden Lächeln an und ergriff mit einer weitausladenden Geste dessen Schulter. „Kommen Sie, Terry." Er bugsierte den Jungen behutsam in sein Zimmer, schloss die Tür. Der weiße Kittel hing an Dr. Limerick knittrig herab. Er war wohl lange nicht gebügelt worden. Der Arzt blickte Terry eindringlich in die Augen. „Ihre Eltern haben sich mit mir auf diesen Termin geeinigt." Er zog die Brauen hoch und meinte, beide Arme hebend: „Ich darf doch Terry sagen, oder?"

„Ja, natürlich, Dr. Limerick."

„Das fördert doch nur das Vertrauensverhältnis zum Patienten", fuhr der Mediziner fort. „Ach, was heißt Patient, wir wollen erst herausfinden, was denn nun - sagen wir - das Problem ist." Er deutete auf einen Stuhl vorm Schreibtisch. „Nehmen Sie Platz, Terry."

„Danke."

„Sie waren etwas gegen diese Unterredung, stimmt's?" meinte Dr. Limerick lächelnd, ging um den Tisch herum und ließ sich ebenfalls nieder.

„Ja, das war ich, aber - es ist vielleicht auch ganz interessant, einmal mit einem Psychiater zu reden. Warum nicht?"

Dr. Limerick wurde plötzlich ernst. „Stehen Sie doch noch mal auf, Terry." Mit den Fingerknöcheln drückte er gegen die Wirbelsäule des Jungen, prüfte und ließ ihn mit geschlossenen Augen gehen. Als Terry sie öffnete, nickte Dr. Limerick. „Alles in Ordnung. - Setzen wir uns wieder." Danach begann er in den Papieren zu wühlen, die unordentlich auf dem Schreibtisch herumlagen, fand ein bestimmtes Schriftstück und rief Daten im Computer auf. Terry sondierte in der Zwischenzeit die Einrichtung des Zimmers.

49

Der Doktor unterbrach sein Spiel an der Tastatur. Er lehnte sich zurück. „Terry", sagte er bedächtig. „Ihre Eltern haben mir berichtet, dass Sie eine - Vorliebe für die Zahl Zwölf empfinden."

„Ja, das stimmt."

„Wie läuft es in der Schule?"

„Es sind bald Prüfungen."

„Werden sie erfolgreich?"

„Ich glaube schon."

„In welchen Fächern werden Sie geprüft?"

„Mathematik und Musik."

„Sind Sie gut in Mathematik?"

„Ja, doch."

„Singen können Sie auch?"

„Es geht so. Aber es werden noch fachliche Fragen gestellt, Opern behandelt, Biographien erörtert..."

„Lieben Sie die Musik?"

„Ja, aber eher meine Richtung."

„Welche Richtung?"

„Die Zwölftonmusik. Sie wurde von Arnold Schönberg entwickelt..."

„Ach..." Der Arzt sah Terry an. „Da ist sie ja, die Zwölf." Er erhob sich und trat ans Fenster. Dann wandte er sich um. „Terry, Sie werden sicher verstehen, dass ich etwas in die Tiefe Ihrer Persönlichkeit gehen muss, um dem Kern dieser Neigung näher zu kommen."

„Aber ja, Dr. Limerick." Terry hob eine Hand und deutete in den Raum und erläuterte plötzlich: „Diese Musik ist gut. Die Beatles und der deutsche Komponist Eisler haben damit gearbeitet. Sie müssten sich mal mit ihr beschäftigen..." - „Terry", unterbrach der Mediziner, „wenn ich Zeit finde, bestimmt." Er wurde wieder nachdenklich. „Haben Sie eine Freundin?"

„Nein."

„Hatten Sie eine?"

„Ja. Vor ein paar Monaten. Meine Eltern haben's bestimmt erzählt."

„Sicher. Warum war Schluss?"

„Ich war ihr zu ruhig, zu still."

„Sind Sie ruhig und still?"

„Ja. - Jetzt noch mehr."

„Aber Terry, Sie sind ein aufgeweckter Bursche, um keine Antwort verlegen." Der Arzt legte beide Ellbogen auf den Schreibtisch.

„Ja, wenn ich gefragt werde", sagte Terry.

„Nur, wenn Sie gefragt werden? Haben Sie nichts mitzuteilen?"

„Nein."

„Aus welchem Grunde?"

„Was soll ich mitteilen?"

Wieder ging der Arzt zum Fenster und sah hinaus. „Ja, nun, das müssten Sie schon selbst wissen. Teilen Sie mit, was Sie erleben, Terry, was in Ihnen vorgeht, was Ihnen gefällt, was Sie bedrückt."

„Dr. Limerick, ich erlebe den Tag so, wie er eben abläuft. Den einen wie den anderen. Ergo geht nicht all zuviel in mir vor."

Der Arzt wandte sich erneut um. „Ist eure Gefühlswelt so arm?"

Terry sagte nichts. Dr. Limerick fuhr fort: „Bedrückt es Sie, dass Ihre Freundin nichts mehr von Ihnen wissen will?"

„Nicht sonderlich. Ich kann damit leben."

„Gut." Der Arzt setzte sich. „Seit wann haben Sie diese – diese -

Anwandlungen mit der Zwölf - diesen Zwang - diesen Hang?"

„Ungefähr, seit ich zwölf wurde. Doch ich habe sie zu verbergen gewusst. Niemand hat es gemerkt. Auch habe ich sie unterdrücken wollen. Doch jetzt fällt es auf. Ich wehre mich nicht. Ich mag sie eben. Ja, ich mag sie. Ich verehre diese Zahl."

„Ach..." Dr. Limerick rieb sich das Kinn. „Wieder die Zwölf. So lange also schon. Hatten Sie - seit dieser Zeit Gewichtsprobleme? Können Sie sich erinnern?"

„Nicht, dass ich wüsste."

„Erinnern Sie sich an Ihren zwölften Geburtstag?"

„Das ist zu lange her."

„Also vermutlich kein Schlüsselerlebnis." Der Arzt sinnierte. „Sie haben nichts - Besonderes - geschenkt bekommen?"

„Nein. Ich weiß nur noch, dass mich ungefähr seitdem die Zwölf begeisterte. Es ist eine besondere Zahl."

Dr. Limerick hob erneut die Brauen und faltete die Hände, legte sie ans Kinn. „Sprechen Sie drüber?"

„Mögen Sie Musik?" wollte Terry nun seinerseits wissen.

„Ja, Vivaldi zum Beispiel."

„Die vier Jahreszeiten?"

„Ja."

„Sehen Sie. Die zwölf Monate sind in diesem Stück verankert."

„Nun, rein rechnerisch, Terry."

„Aber, Dr. Limerick, ich kann mir Ihren Gedankengang vorstellen, den Sie beim Anhören des Stückes haben. Vier Jahreszeiten. Frühling, Sommer, Herbst und Winter. Zwölf. Das werden Sie unterschwellig konstatieren." - „Mein lieber Terry." Dr. Limericks Stimme gewann etwas an Schärfe. „Sie sind sehr klug. Doch was ich konstatiere, werden Sie in Ihrem Alter kaum beurteilen können. Es hat etwas für sich, obschon. Jedoch, es sind Gespinste." Wieder erhob er sich. „Terry, immer friedlich bleiben..." Der Arzt sah den Jungen lächelnd an. Doch seine Lippen umspielte ein seltsam gereizter Zug. „Ihre Eltern haben Ihnen ein paar Pflichten auferlegt, wie das wohl auch allgemein in der Familie üblich ist, unter anderem das Schuhe putzen..."

„Das haben sie Ihnen erzählt?"

„Junge, etwas mussten sie mir sagen, damit ich - gewissermaßen eine Basis habe."

„Sie hätten's ja auch selbst raus finden können."

„Das stimmt, zweifelsohne. – Ist das nun Frechheit oder Naivität?" sinnierte der Arzt und schien irritiert. „Ihre Eltern haben's mir nun mal mitgeteilt. Das erleichtert doch die Angelegenheit."

Terry sah Dr. Limerick an. Irgendwie tat der ihm leid. Der weiße ungebügelte Kittel, dem die sorgsame Hand versagt blieb, das gealterte Gesicht, das viele Überstunden und wenig Freizeit verriet. „Fragen Sie weiter."

„Also, Terry: Sie putzen die Seiten der Schuhe..."

„Zwölfmal", entgegnete der Junge.

„Warum?"

„Ich bin der Meinung, dass die Schuhe nach zwölfmaligem Putzen blank sind."

„Warum nicht nach elfmaligem Putzen?"

„Warum sollten sie nach elfmaligem Putzen blank sein, Dr. Limerick?"

„Und wenn's so wäre?" - „Dann wären sie sicherlich auch nach zehnmaligem Putzen blank."

53

Der Arzt überlegte. „Sie zählen demnach mit Gründlichkeit?"

„Es bereitet mir keine Mühe. Zwölfmal. Dann sind sie blank."

„Und Händewaschen? Zähneputzen?" „Zwölfmal."

„Eine Flüssigkeit umrühren? Kakao, Kaffee..."

„Zwölfmal."

„Ihre Eltern machen sich Sorgen."

„Meine Eltern deuten da etwas hinein. Ich wollte nicht hierher. Ich habe keine Probleme."

Dr. Limerick holte tief Luft. Dann zündete er sich ausnahmsweise eine Zigarette an. „Zweifellos muss man etwas hineindeuten. Doch - Terry, erzählen Sie mir von der Zwölf. Ich werde zuhören."

Der Junge wirkte ratlos. Doch dann sprach er schleppend und leise vom Erfragten. „Die Zwölf hat auf mich eine besondere Wirkung. Sie - beruhigt mich. Sie ist rund und vollendet. Besser und anders als es eine Null sein könnte. Eine Null hat ja quasi sogar einen negativen Aspekt. Sie ist - so gesehen - nicht mal eine richtige Zahl, obwohl sie eine ist, denn wenn sie fehlte, wäre es eine Katastrophe. Eine Null ist enorm wichtig, ohne sie geht nichts, und doch sagt man, du bist eine Null, also nichts, obwohl die Zahl Null den Wert Null hat. Ich aber liebe die Zwölf." Terry lächelte.

„Stellen Sie sich mal vor, ich hätte die Zahl Null gewählt. Was hätte das für Auswirkungen aufs Zähneputzen, Händewaschen... Ich wäre ein Fall für die Hygiene."

Dr. Limerick zog die Stirn in Falten. „Ist Ihnen nicht gut, mein Junge?" fragte er. - „Doch, Doktor, verstehen Sie denn keinen Spaß?" Terry verzog den Mund. „Ich bin auf Drängen meiner Eltern hier. – Gut. Zurück zur Zwölf. - Die Zwölf, Dr. Limerick, ist einzigartig."

Der Arzt schüttelte den Kopf. Terry sprach weiter: „Es gibt die zwölf Apostel, den Zwölffingerdarm, die zwölf Monate, den Zwölfkampf, die Zwölftontechnik, das ist kein Zufall."

Dr. Limerick rauchte schweigend und beobachtete Terry. „Die Zwölf ist durch zwei, drei, vier und sechs teilbar. Selbst die Völker im Altertum verehrten die Zwölf..."

„Terry, halten Sie ein." Dr. Limerick hob eine Hand. Dann begann er sich Notizen zu machen. „Wir werden in einer Woche wieder konsultieren. Es ist Zeit für die Mittagspause. Ich habe mir ein Bild gemacht. Sie müssen sich beruhigen. Treiben Sie etwas Sport. Lesen Sie nicht soviel. Lenken Sie sich ab. Gehen Sie spazieren. In die Natur. Der Herbst bläst viele Blätter vor sich her. Tun Sie mir den Gefallen, Terry." Dann erhoben sich beide und verabschiedeten sich.

Dr. Limerick schloss am Abend seine Praxis ab, schlug den Mantelkragen hoch und ging nach Haus. Er wohnte nicht weit. Sein Weg führte ihn an den alten Kastanien vorüber, die ihre starken Äste hier wie zu einem Bogengang wölbten. Die Laternen am Rand der Straße blinkten hinter jedem dritten Stamm. ‚Wie tief doch die Abgründe der menschlichen Seele sind', dachte der Arzt. Seine Frau wartete im trauten Heim mit aufgewärmten Bratkartoffeln. „So was ist mir noch nie untergekommen", meinte er zu ihr und aß bedächtig. „Nun lass es dir schmecken und die Arbeit mal weg." Mrs. Limerick stellte ihrem Mann ein Bier hin.

„Trotzdem", begann er wieder, „das war außergewöhnlich heute." „Was war es denn für ein Fall?" fragte sie.

„Schatz, wie lange sind wir schon zusammen?" Dr. Limerick

erhob sich. - „Nun, es sind erst zwölf Jahre, Brian."

Der Arzt sah seine Frau lange an. „Wie lange?"

„Zwölf Jahre. Was ist denn los?"

„Ich glaub's nicht, Emmy."

„Brian, du brauchst Ruhe. Es war wieder anstrengend in der Praxis, ich merk es dir doch an." Sie schob ihren Mann ins Badezimmer.

„Nun, Terry." Mr. Shatner zog einen Stuhl heran und setzte sich seinem Sohn gegenüber. „Wie ist die Unterredung mit Dr. Limerick verlaufen?"

Der Junge schaute den Vater an. „Was soll ich sagen? Er hat mir viele Fragen gestellt, einige ich auch ihm."

„Ach." Mr. Shatner staunte.

„Ja natürlich. Der Patient sollte doch mit dem Arzt kommunizieren."

„Was ist dabei herausgekommen?"

„Zum Schluss war Dr. Limerick irgendwie unter Zeitdruck. Er riet mir, spazieren zu gehen."

„Gut, mein Junge. Es ist ja auch schön zu dieser Jahreszeit."

„Wenn du meinst, Dad." Terry schüttelte unmerklich den Kopf. Dann zog er sich die Jacke über und lief aus dem Haus. -

Tatsächlich, wie lange war er schon nicht mehr diese Wege gegangen, die er seit seiner Kindheit kannte. Er hatte zurückgezogen gelebt. Obwohl ihn alles draußen traurig stimmte, war es doch interessant, wie die Natur ihr Kleid veränderte. Mit einer unerschütterlichen Fortsetzung ihres Zyklus warfen die Bäume ihr Laub ab. Kaum zu glauben, dass es im nächsten

Frühjahr wieder hier grünen würde. Aber es würde so sein. Auf jeden Fall. Terry lächelte. Warum steigen die Leute immer nur in ihre Wagen und hetzen zum nächsten Augenblick, wurde ihm bewusst. Und betreten nicht die Pfade ihrer Jugend, die ihnen vertraut sind, und halten inne, um zurückzuschauen auf das, was hier steht und ruht seit jener Zeit, Steine, die alles gesehen haben, geduldig und unverrückbar? Momente der Besinnung.

Terry verharrte. Er äugte in einen Torweg. Ganz hinten begrenzte ein Zaun das Gelände. Er erinnerte sich plötzlich, schon einmal so hier gestanden zu haben. Wie lange war das her? Der Wind fegte das Laub in die Einfahrt, hakte es fest, riss es wieder fort und wirbelte es durch die Gasse. Herbst...

Terry schoss ein Gesicht durch das Hirn. Ein Gesicht, umrahmt von schwarzem Haar. War das hier gewesen, an dieser Stelle? Terry ging an das Ende des Torwegs, nahm die Hände aus den Taschen und umklammerte die Latten des Zauns. Natürlich... Vor ein paar Jahren. Er musste damals ungefähr zwölf gewesen sein. Hier hatte er sie flüchtig kennen gelernt...

Dr. Limerick betrat sein Arztzimmer. Sein Blick fiel auf den Papierwust. ‚Wenn ich nicht bald aufräume, wächst mir das über den Kopf‘, dachte er. Dann schaltete er den Computer ein, trat ans Fenster und sah durch die Jalousien hinaus. Er war heute spät in der Praxis erschienen; am Morgen hatte er sich nicht gut gefühlt. Die Termine des Vormittags waren geändert worden.

Es klopfte. Die Schwester sah kurz durch den Türspalt. „Haben Sie's schon gehört, Doktor?"

„Was?"

„Dieses Zugunglück heute Nacht..." - „Ja, meine Frau erzählte beiläufig davon."

„Furchtbar, Dr. Limerick. Sie bringen's sicherlich in den Zwölf-Uhr-Nachrichten." - „Wie?" Der Arzt schien aus seinen Gedanken gerissen. „Was für Nachrichten?"

„Die Zwölf-Uhr-Nachrichten."

Dr. Limericks Mund umspielte ein saures Lächeln. „Sagen Sie, ist dieser Shatner für heute angemeldet?"

„Moment, Doktor."

Der Blick des Arztes fiel auf das kleine Radio, das er seit der Gründung der Praxis besaß. Die Schwester kam zurück. „Shatner, viertel vor zwei."

„Danke." Dr. Limerick hob eine Hand.

Die Schwester schloss leise die Tür. Seine Papiere ordnend, sah der Arzt immer wieder zur Uhr. Punkt Zwölf schaltete er das kleine Radio ein. „...stieg die Zahl der Todesopfer unterdessen auf elf. Ein Passagier schwebt noch in Lebensgefahr..." Dr. Limerick drückte das Gerät aus. Er glaubte sich in letzter Zeit überarbeitet. Doch mit Urlaub war das so eine Sache. Er kam ins Grübeln. Der Computer summte leise. ‚Bald müssten wir Weihnachtsgeschenke für die Enkel besorgen. Christin wird auch demnächst zwölf.' Dr. Limerick zuckte in seinen Überlegungen zusammen. Sein Blick wanderte zum Computerbild. Zwölf Uhr zwölf. Er griff sich mit der Hand an die Stirn.

Viertel vor zwei bat er Terry herein. „Nur zu, Terry." Mit einer weit ausladenden Geste ergriff Dr. Limerick Terrys Schultern und bugsierte ihn zum Stuhl. Sie setzten sich. Dann sahen sich Arzt und Patient in die Augen. Der Junge nachdenklich, der Doktor besorgt. Es schien fraglich, auf wessen Seite die Ängste, Nöte und Sorgen lagen, wer sich mit Problemen belastete und wer sie zu lösen vermochte...

„Ich war spazieren, Dr. Limerick. Es hat mir gut getan", brach Terry das Schweigen.

„Sehr schön", bemerkte der Arzt. „Ich will es heute kurz machen, Terry. Ich habe viel zu tun. Papierkram außerdem. Ist Ihnen auf Ihren Wanderungen, die Sie hoffentlich einhielten", Dr. Limerick deutete mit der Rechten nach draußen, „etwas aufgefallen, eingefallen oder dergleichen?"

„Wie kommen Sie darauf?" entfuhr es Terry.

„Ein entspannter Spaziergang wirkt manchmal Wunder". sagte der Arzt eindringlich und wandte sich ihm zu, „ich will Ihnen helfen. Es muss tiefer liegen."

Terry wirkte unschlüssig. Unvermittelt fragte er: „Haben Sie von dem Zugunglück gehört?"

Dr. Limerick fuhr zurück. „Das passt doch jetzt nicht hierher. Natürlich weiß ich. Sehr bedauerlich."

„Es hat Tote gegeben", sagte Terry.

„Ja, aber Terry, was soll das jetzt?"

„Elf Tote, eines zwölften Zustand ist kritisch." Dr. Limerick sah brüsk auf. „Terry, worauf wollen Sie hinaus?"

„Doktor, er wird sterben!"

„Terry", der Arzt ging um den Schreibtisch herum auf den Jungen zu, „Sie wissen nicht, was Sie reden. Und es passt nicht hierher."

„Doch, Dr. Limerick. Denn die Zwölf setzt sich immer durch..."
Terry erstarrte. Er war selbst erschrocken über seine Äußerung.

Der Arzt straffte sich, schloss für einen Moment die Augen, näherte sich dem Schrank und schaltete das kleine Radio an. Es war kurz nach vierzehn Uhr.

„...hielt der Premierminister für eine denkbare Lösung. Brickford. Wie unterdessen bekannt wurde, hat das Zugunglück ein zwölftes Opfer gefordert. Auf der Intensivstation des Linfield-Hospitals erlag ein Patient seinen schweren Verletzungen. Die Bemühungen der Ärzte..." Dr. Limerick schaltete ab. Terry senkte die Augen. Der Arzt sah durch die Fensterscheiben den Blättern nach, die der Herbstwind unablässig den Bäumen abtrotzte. „Terry, um auf Sie einzugehen: es ist kei ne Kunst, weiszusagen und sich damit zu brüsten, dass ein Schwerverletzter höchstwahrscheinlich sterben wird." Er wandte sich um und stützte beide Arme auf den Schreibtisch. „Oder war es etwa Ihr Wunsch?"

„Nein, Dr. Limerick." Terry war beschämt.

„Es war ein Menschenleben", fuhr der Arzt fort und konterte: „Womöglich war es ein zwölfjähriges Mädchen..." Terry zuckte zusammen. „Wer kennt schon die Opfer?" meinte Dr. Limerick beschwörend.

„Jetzt reden Sie auch schon von der Zwölf?" stellte der Junge mit brüchiger Stimme fest. - „Ja, Terry, wir müssen eine gemeinsame Sprache sprechen, um uns zu verstehen, um den Dingen auf den Grund zukommen." - „Wer kennt schon die Opfer?" sagte nun auch Terry. Dr. Limerick nahm ihn bei den Schultern. „Sie sind ein Opfer, ein Opfer Ihrer seltsamen Neigung. Sie müssen auch einmal Opfer geworden sein. Früher, vielleicht, als Sie zwölf gewesen sind. Ich habe lange überlegt. Es ist mein Beruf. Es kann nicht anders sein. Alles besteht aus Ursache und Wirkung." -

Terry war auf dem Weg ins Linfield-Hospital. Warum er es tat, wusste er nicht. Aber irgendetwas wollte er unternehmen.

Im Hospital herrschte Hektik. Die Verletzten des Unglücks waren hier untergebracht worden. An der Anmeldung wollte man wissen, ob Terry ein Angehöriger sei. Er druckste herum und wurde fortgeschickt. Doch unter den vielen Menschen gelang es ihm, herauszufinden, dass der letzte verstorbene Passagier eine gewisse Eileen Doherty gewesen sei. Doch der Name sagte Terry nichts. Und was sollte es schon nützen... Wozu das alles? Der Junge blieb im langen Flur des Hospitals stehen. Ihm fielen die Worte Dr. Limericks ein. Er atmete schwer. In den Gängen umfing ihn ein beklemmendes Gefühl der Enge. Ärzte, Schwestern und Helfer eilten an ihm vorüber. Rufe, Rattern und Quietschen von Rädern drangen an sein Ohr. Man schob Kranke in Eile vorbei. Die Räume erfüllte ein lautes Summen, das immer mehr anschwoll. Terry hielt sich die Ohren zu. Seine Gedanken spielten Vabanque. Ihm kam nur mehr der Name des Opfers ins Hirn und er schrie ohne Grund in das Chaos hinein: „Mrs. Doherty!"

Die Lautäußerung befreite ihn für kurze Zeit. Wie durch einen Nebel sah er einige Helfer und Eilende sich zu ihm umwenden. Doch der seltsame Kreislauf im Hospital nahm seinen Fortgang. Oder...?

Weit am Ende des Flurs sah er eine Gestalt. Sie verharrte und ging langsam durch den Strom der Drängenden auf Terry zu,   kam immer näher. Er sah - das Gesicht - umrahmt von schwarzem Haar.

„Man muss den Gang der Gedanken des Opfers verfolgen", sagte Dr. Limerick zu seiner Frau. Er saß am Tisch, vor sich eine Flasche Bier.

„Was hast du unternommen, Brian?" fragte sie ihn. Vergeblich hatte sie versucht, ihm etwas Warmes vorzusetzen.

„Ich hab da angefangen, Emmy, wo wir aufgehört hatten. Das zwölfte Opfer. - Ich hab im Hospital angerufen. Es erschien mir ohne Sinn. Natürlich wollte man zuerst keine Auskunft geben, aber ich bin Arzt... Die zuletzt verstorbene Person des Zugunglücks war eine Mrs. Eileen Doherty. Sie war mal eine meiner Patientinnen, du wirst es nicht glauben."

Mrs. Limerick sah ihren Mann lange an. „Du hast irgendein Hospital angerufen? Du bist völlig untypisch vorgegangen."

„Es ist auch ein besonderer Fall. Er lässt sich nicht einordnen. Irgendetwas musste ich tun."

„Ach..." Mrs. Limerick erhob sich. „Du und deine Verrückten."

„Emmy!" Ihr Mann brauste auf. „Du sollst sie nicht immer verrückt nennen. In den meisten Fällen war es stets ein Schlüsselerlebnis, das sie zu dem machte, was sie sind."

„Brian!" Mrs. Limerick setzte sich wieder. „Was hast du denn in den vielen Jahren erreicht? Tabletten, Konsultationen, Tomographien..." - „Hör auf, Emmy." Der Mediziner starrte konsterniert auf das Fenstersims. „Du hast ja im Grunde Recht. Ich habe nie nach den Wurzeln des Übels geforscht, nie wirklich. Aber dieser Fall geht mir ob seiner Merkwürdigkeit unter die Haut. Vielleicht", Dr. Limerick wandte sich seiner Frau zu, „ist es so, dass dies für mich selbst ein Schlüsselerlebnis geworden ist. Verstehst du?"

„Ja, Brian." Sie hatte aufmerksam zugehört. „Und diese Mrs. Doherty?"

Dr. Limerick trank und wischte sich mit der Rechten über die Lippen. „Sie hat noch eine sechzehnjährige Tochter. So alt wie Terry, mein Patient. Und vor vier Jahren, als beide Kinder zwölf waren, wohnten die Dohertys in dieser Gegend, bevor sie dann fortzogen. Ich habe im Computer nachgesehen."

„Ich verstehe nicht." Seine Frau schüttelte den Kopf.

„Oh, Emmy! Du verstehst es nicht. Es ist eine Parallele."

„Du meinst..."

„Natürlich. Sie waren beide zwölf. Sie hatten sich vermutlich verliebt. Die ersten zarten Bande. Dann zogen die Dohertys weg. Die Zeit muss für Terry stehen geblieben sein, bei Zwölf! Er hat es nicht verwinden können. Im Unterbewusstsein blieb das verankert." Dr. Limerick griff sich mit den Händen an den Kopf und sah zu seiner Frau hinüber.

„Der Herr geht seltsame Wege", meinte Mrs. Limerick seufzend.

„Sprich in meiner Gegenwart nicht von ihm." Der Arzt ging zum Fenster. „In meinem Beruf spielt er keine Rolle. Alles hat seine Ursache im Menschlichen."

Umrahmt von schwarzem Haar. - „Terry!" sagte sie nur.

„Du hast mich erkannt?" fragte er zurück.

„Ja. Mein Gott, Terry! – Das ist so lange her. Warum bist du hier?"

„Wegen einer Frau namens Doherty. Ich weiß selbst nicht, warum."

„Das ist – das war meine Mutter." Sie wandte traurig ihren Kopf

63

zur Seite. „Sie ist das zwölfte Opfer!" Ihre Schultern zuckten.

„Nein, Shannon", widersprach Terry und drückte sie an sich. „Sie ist nicht das zwölfte. Sie ist – unter vielen ein Opfer, um das wir sehr trauern werden. Du bist nicht allein."

Nadjas Sommer

9. Juni 1985

Eileen ist gestern fünfzehn geworden. Es war eine herrliche Fete. Sogar Ben kam gegen neun. Alle hatten sich eingefunden, Miriam, Helle, Kippel, Sonja. Wir gönnten Eileen diese vielen kleinen Geschenke.

16. Juni

Waren wieder am Fluss. Das Treiben der Wellen beruhigte, und versonnen unterhielten wir uns über die Zukunft, wie sie wohl aussehen würde, schmiedeten Pläne für die kommende Woche. Mit dem Boot durch das Schilf. Das Leben ist schön.

23. Juni

Bin klamm. Die andern auch. Leerten dann gemeinsam unsere Taschen. Es reichte doch noch für ein paar Getränke und Tütensuppen. Das Essen schmeckt im Freien besser. Abends Tischtennis mit Eileen und Miriam…

Elf Jahre später:

17. Juli

In der Leistenbeuge einen Knoten entdeckt. War beim Arzt. Er sagte, der muss raus, um zu ermitteln, was es ist. Ich habe Angst. Man hört soviel heutzutage von bösartigen Geschwülsten. Ich hatte eine kleine Reise, eine Luftveränderung, geplant. Die ist jetzt in den Hintergrund gerückt.

65

24. Juli

Sie haben den Knoten ambulant rausoperiert, unter Vollnarkose. Es soll alles untersucht werden. Dieses quälende Warten macht mich ganz krank. Ich rief Eileen an. Sie hat gesagt, das muss gar nichts bedeuten. Hoffentlich, denn der Arzt erging sich in merkwürdigen Andeutungen.

7. August

Am Samstag bekomme ich vielleicht die Diagnose. Ständige Anrufe beim Arzt, der beschwichtigt. Doch die Ärzte beruhigen immer, wiegeln ab. Und das macht mich nervös. Dieses Ausharren. Ich muss fortwährend aus dem Haus gehen. Ich halte es in den vier Wänden nicht aus. Eileen hat noch nicht zurückgerufen. Sie wird viel zu tun haben. Meine Hand zittert beim Gießen der Pflanzen. Miriam ist vor einer Woche umgezogen, sagt Ben. Sie hat jetzt eine andere Telefonnummer.

10. August

Die Diagnose ist da. Lymphdrüsenkrebs im ersten Stadium! Der Arzt hat sich lange mit mir unterhalten. Es gäbe gute Heilungschancen. Doch selbst er wirkt etwas unsicher gegenüber dem Dilemma. Ich denke schlagartig an Chemotherapie, Haarausfall und an ein Kopftuch, dass niemand den Makel entdeckt. Und plötzlich an den Tod. Eine Leere breitet sich in mir aus, eine grenzenlose Ohnmacht. - Ich kann nicht mehr schlafen. Bin unfähig, jemanden anzurufen. Ich muss ins Krankenhaus. Die kleine Reise wird jetzt völlig fallengelassen. Die Einbildung, ein paar schöne Tage des Sommers irgendwo in Ruhe zu verbringen und zu entspannen, ist pulverisiert.

12. August

Bin im Krankenhaus. Alles geht so schnell, so reibungslos. Heute mindestens zehn Röhrchen Blut abgenommen.

13. August

Urinkontrolle. Nochmal Blut aus Ohrläppchen. Thorax röntgen. EKG. Lungentest am Computer. Beckenknochentest. Knochenmarktest.

14. August

Computertomographie - Brustkorb und Thorax. Nach der Visite darf ich nach Hause. Die Wohnung wirkt fremd. Ich muss das Telefon mal säubern. Kein Anruf auf dem Beantworter. Habe Eileen angerufen und etwas aufs Band gesprochen. Miriam hat die neue Nummer noch nicht durchgegeben. Es ist auch alles so egal. Ich habe Angst und bin allein. - Meine Bettnachbarin im Krankenhaus... Es war schrecklich. Ich habe erfahren, was sie hat. Brustkrebs im Endstadium. Die Metastasen sind schon bis ins Gehirn vorgedrungen. Die Ärzte sprachen am Fußende über uns wie über Gegenstände. Und sie verschwanden rasch wieder.

15. August

Ambulant - Heute Morgen Nuklearmedizin. Skelettröntgen. Ekelhaft. Zwei Stunden Wasser trinken und Wasser lassen. Meine Venen sehen nicht mehr schön aus. Egal, da müssen sie durch.

Ich will gesund werden. Ob das noch wird? Die Kastanienbäume zwischen den Gebäudetrakten zeigen schon gelbe Blätter. Es kommt bestimmt ein früher Herbst.

Halb zwei Uhr mittags Ultraschall, Brust und Lymphdrüsen. Dr. Kreidler hat nichts gefunden bis auf eine acht Millimeter kleine „Sache" in der Nähe des ehemaligen Knotens. Er meint, es sei Wundsekret, ich hoffe es! Ich muss leben, weiterleben! Niemand kommt.

16. August

Ambulant - Morgens Computertomographie Bauch. Ich sitze vorm Röntgenraum und bin bei der ersten Tasse Kontrastmittel. Es schmeckt abscheulich; und davon noch drei Tassen, alles innerhalb einer Stunde. Wenn die Tomographie in Ordnung ist, folgt die Lymphographie, in drei Tagen. Doch gleich ist erstmal Auswertung.

Halb zwei mittags. Auswertung. Alles negativ. Nichts gefunden. Ist das wunderbar! Doch am Montag Lymphographie, vielleicht wieder über Nacht dableiben. Heute habe ich etwas getrunken, es ödet mich alles an, trotz der guten Nachricht zwischendurch. Ein sinnloses Wochenende liegt vor mir. Ich verstehe nicht, warum sich keiner meldet. Ich bin so allein mit meinem Leid.

19. August

Ambulant - Lymphographie. Ich hatte nicht gedacht, dass es so schlimm sein würde. Nie wieder! Sieben bis neun Uhr. Zwei Stunden Warten am Röntgenraum. Nüchtern! Dann Fußbad, wieder Warten. Gegen neun Uhr fünfzehn kommt der Arzt. Ich muss auf eine kalte harte Pritsche. Zwei Einstiche in den Fußrücken mit Spritze, Kontrastmittel soll sich ausbreiten. Schmerz, lass nach! Ich könnte an die Decke gehen. Fünfzehn Minuten Warten. Wie endlos Zeit sich dehnen kann! Das Kontrastmittel hat schlecht angeschlagen, zu dünne Gefäße Nochmals fünfzehn Minuten Warten.

Neun Uhr fünfundvierzig. Ich habe Rückenschmerzen und Hunger. Danach zwei Narkosespritzen - lokale Betäubung. Schmerz, der unter der Haut am Fußrücken langsam und drückend schwer verläuft. Eine Minute, die zur Ewigkeit wird. Kurzes Aufatmen. Dann geht es routiniert vonstatten. Dumpfes Herumwerkeln an den Füßen, jedes Geräusch ist zu hören. Der Arzt schneidet beide Füße auf. Dem Gefühl nach vielleicht ein Zentimeter breite Spalten. Dann werden Schläuche in die Wunden gesteckt und zugebunden. Eine Schwester reicht einen Tupfer. Blut läuft, unten stehen zwei orangefarbene Plastikschüsseln, ich spüre die lauwarme Flüssigkeit rieseln. Fertig, nun fängt wiederum die Zeit des Verharrens an. Anderthalb Stunden. Ich stöhne, diese blöde Zeit. Ich komme mir vor wie im Sezierzimmer. Nach ewigem Liegen und irgendwelchen Sprüchen der Schwester ein Hupton. Der Arzt erscheint. Es ist zwölf Uhr fünfzehn, er näht die Wunden zu. Mir wird mulmig, die Füße werden verbunden. - Dreizehn Uhr. Röntgen der Lymphgefäße. Werde mit einer Trage weggefahren. Ich will nach Hause.

Dreizehn Uhr fünfundvierzig. Wieder auf Station, in ein Zimmer mit einer kahlköpfigen Frau. Ich muss heulen und will den Stationsarzt sprechen. Eine Ärztin steht in der Tür, klein, dunkelhaarig, zierlich, doch streng. Sie kann nicht begreifen, warum ich heim will. Sie redet mechanisch auf mich ein. Ich stelle mich etwas taub und unterschreibe schließlich einen Zettel, nachdem ich auf eigenes Risiko entlassen werden will. Die kleine Ärztin geht wieder zur Tür, kehrt um und erklärt mir plötzlich, dass man die Milz entnehmen müsse und eine Gewebeprobe der Leber. Das Wort Laparotomie wird erwähnt. Vor meinen Augen dreht sich das Gesicht der Ärztin und das sie umgebende Zimmer. Ich breche innerlich zusammen. Ich dachte, ich hätte die Diagnostik so gut wie überstanden. Die Ärztin enteilt, die Hände in den Kitteltaschen und wirft ihr dunkles Haar zurück. Die Frau neben mir wimmert. Ich bekomme eine Mahlzeit. Wie benebelt bitte ich den jungen Mann, Ben anzurufen, dass er mich abholen und nach Hause fahren soll. Ich sage ihm die Nummer.

Vierzehn Uhr. Die Frau im Nachbarbett quatscht mir die Seele zu, ich vergesse zu kauen. Das Essen bereitet mir Mühe. Sie erzählt, dass man ihr auch versprochen hätte, Lymphdrüsenkrebs wäre heilbar, und sie richtet sich etwas auf. Aber sie wäre schon das siebtemal in der Klinik, alles umsonst. Ich fange wieder an zu heulen und stelle die Reste des Essens weg.

Vierzehn Uhr fünfzehn. Ben kommt tatsächlich sofort und holt mich ab. Mit einem Rollstuhl muss ich noch zum Herzechokardiogramm. Ben wartet nach der Begrüßung geduldig mit gerunzelter Stirn neben mir.

Vierzehn Uhr dreißig. EKG - alles in Ordnung, aber mein nervlicher Zustand ist auf Null.

Sechzehn Uhr. - Zu Hause. Ich weine. Ben kann keine Unterhaltung beginnen. Er lagert meine Beine auf dem Sofa hoch. Es wird bruchstückhaft gefragt, berichtet, geschluchzt. Ben sieht

sich im Wohnzimmer um und bittet um ein Bier. Ich sage ‚Küche'.
- Es ist kein Anruf auf dem Beantworter. Und dieser Staub. Ben
sitzt still in einer Ecke. Ich erkundige mich nach Eileen. Er sagt,
sie hätte eine Fete und vermeidet, mich anzusehen. Ich möchte
Miriams neue Telefonnummer wissen. Ben versichert, dass er sie
rauskriegt, denn Miriam sei bei dieser Fete zugegen. Warum
kommt niemand? Ich schreie Ben fast an. Er zuckt zurück. Er weiß
es nicht. Er knüllt die Bierbüchse zusammen und fragt, ob ich ihn
noch brauche... Ich verabschiede ihn.
Ich kann nicht glauben, dass ich unters Messer muss. Ich lasse
abends die kleine Nachttischlampe an.

20. August
Ein Taxi holt mich ab. - Bin schon eine Stunde eher auf Station
und habe doch wirklich den Chefarzt abfangen können, einen
korpulenten Mann mit väterlicher Gelassenheit. Ich klage gehetzt
über die Äußerungen der kleinen Ärztin, deren Namen ich in
Erfahrung gebracht habe. Die Milz entfernen und so weiter... Der
Halbgott in Weiß vor mir ist erstaunt, unmerklich erbost und
beruhigt mich mit den Worten, dass einiges ganz anders ist, als
ich es mir vorgestellt habe. Dann geht er davon.
Dreizehn Uhr zehn Röntgen und zusätzlich Becken röntgen. Ein
Bild ist misslungen. Nochmal. Ich bekomme plötzlich Panik wegen
meiner Courage, was die Sache mit dem Chefarzt betrifft.
Dreizehn Uhr fünfundvierzig - auf Station. Die kleine Ärztin naht.
Sie ist außer sich. Ich habe wieder Angst - Angst vor den
Untersuchungen, vor der Krankheit, vor der Ärztin. Mein Gespräch
mit dem allmächtigen Chefarzt hat wohl Wellen geschlagen. Die

71

kleine Ärztin zitiert mich in ein Dienstzimmer. Sie schließt hinter mir die Tür. Ich fühle mich wie ein Schüler beim Direktor, als hätte ich etwas ausgefressen. Dann setzen wir uns. Sie dreht ihren Körper im Stuhl und faselt gereizt von Instanzenwegen. Ich mache der Ärztin bewusst, dass ich krank bin und erfahren möchte, was mit mir geschieht. Es klopft. Dr. Kreidler betritt den Raum. Er war mir von Anfang an sympathisch, doch was tut das. Die Ärztin unterbricht ihre Tirade, beginnt zu relativieren.

Vierzehn Uhr. Dr. Kreidler eröffnet mir, dass die Auswertung erfolgt. Die Ärztin schweigt, und er erzählt. Meine Diagnostik sei beendet und nirgendwo in meinem Körper noch etwas gefunden worden. Ich könne jetzt zwischen zwei Heilungsmöglichkeiten wählen: Der Milzentfernung sowie der Bestrahlung der linken Leiste oder der zweiten Sache, die sich wiederum aufspaltet in zwei Chancen, die ich jedoch nicht beeinflussen kann: Chemo oder Bauchbestrahlung plus Extradosis Milz. Ich will meine Milz behalten und entscheide mich für die Alternative, an der ich nicht rütteln darf. Diese Entscheidung bleibt einer weit entfernten Ärzteschaft vorbehalten, die schon lange daran herumforscht. Das hätte mir die Frau, der ich jetzt gegenübersitze, gleich richtig erklären sollen. Ich stelle erneut fest, dass ich für sie ein Mensch bin, der entweder geht oder bleibt. Nicht mehr und nicht weniger. Unter dem Strich: Chemo mit Totalhaarausfall oder die andere Bestrahlung. Ich kann nur hoffen, dass es Letzteres ist.

21. August
Anruf von Dr. Kreidler an die Ärzteschaft in die entfernte Stadt. Entschieden wurde Bestrahlung und Extradosis Milz. Ein riesiger

fällt mir vom Herzen. Und abwarten, ob das auch wirklich hilft.

23. August

Keine Meldung auf dem Beantworter. Ich rufe selbst an, habe keinen Erfolg. Sogar Ben bleibt aus. Ich lese im Schein der kleinen Lampe in einem Buch. Doch rutsche ich ständig zwischen die Zeilen und begreife nicht, was da steht.

26. August

Neun Uhr fünfzehn Krankenhaus.

Neun Uhr dreißig Fädenziehen von der Lymphographie. Dann Blutentnahme.

27. August

Wieder vollständige Untersuchung. Es wird an mir gedoktort, ich werde gedreht, gewendet, es wird beschlossen, geschrieben, angewiesen. Die Ärzte sind zerfahren und hektisch. Ich erhalte Termine und werde abgeschoben. Und erneut kommt die Angst.

31. August

Ich habe aufgegeben, jemanden anzurufen. Ich sehe aus dem Fenster. Die Bäume verfärben ihr Laub. Beim ziellosen Umherirren durch die Räume der Wohnung fallen mir die Kleinigkeiten auf, winzige, sonst unbedeutende Dinge, die dennoch ihren festen Platz seit Jahren haben, die ich nie bemerkt habe, die ich plötzlich nicht mehr missen möchte. Ich spreche mit den Pflanzen.

4. September

Computertomographie. Dann noch einmal Röntgen. Anmalen des Körpers. Lokalisieren der Milz. Die Ärzte reden nicht mit mir, sie handeln und verfahren.

10. September

Erste Bestrahlung. Sie umstehen mich wie ein Filmteam. Fremde Menschen, dazwischen der behandelnde Arzt, mustern meinen Körper wie durch ein Mikroskop. Ich bin Objekt, in der Gewalt eines Apparats, der kalt und reibungslos funktionieren will.

11. September

Zweite Bestrahlung.

12. September

Dritte Bestrahlung. Ich habe Rückenschmerzen, die weder durch Liegen, gerades Sitzen oder sonst etwas weichen.

13. September

Vierte Bestrahlung. Morgens ist mir schlecht. Der Brechreiz verlässt mich nicht bis mittags. Mein Haar fällt dennoch aus. Zumindest ist es mehr als gewöhnlich.

14. September

Abends kommt plötzlich Eileen. Ich weiß nicht, ob ich mich freuen soll. Wir setzen uns und meine Geschichte quillt aus mir heraus wie ein Geschwür. Eileen sitzt stumm und hört zu. Ich erzähle viel, doch sie unterbricht nicht, stellt keine Fragen, lächelt nur

74

manchmal verständnisvoll. Es wirkt unbeholfen. Schließlich bin ich erschöpft. Wir schweigen uns an. Und sie geht irgendwann, erhebt sich und lässt mich zurück in der grenzenlosen Einöde meiner Gefühle. Von Miriam habe ich nichts erfahren...

Noch September

Jeden Tag Bestrahlung. Sie sagen, ich kann vielleicht keine Kinder bekommen. Und wenn doch, wird eine Behinderung mit ziemlicher Sicherheit nicht auszuschließen sein. Ich soll dieses nicht, darf jenes nicht. Mir ist unklar, wie ich das alles überstehen soll. Keiner sagt oder fragt etwas Menschliches. Wenn ich nur einmal aus dieser drückenden Enge aller Mauern herauskönnte.

15. Oktober

Nachuntersuchung. Es ist momentan alles in Ordnung, doch Spätfolgen vorbehalten. Der Krebs könnte in fünf Jahren oder danach als Leukämie zurückkehren.

Ich bin dennoch so glücklich. Es kann sich kaum ein anderer vorstellen. Wem soll ich davon Mitteilung machen? Wem? Es lässt sich niemand bei mir sehen. Mir ist es zuwider, anzurufen, so etwas am Telefon zu klären. Zu klären! Eine Nachricht, die am Hörer allzu lapidar überbracht würde. Viel lieber mit froher stockender Stimme persönlich den Freunden. Welchen Freunden?

19. Oktober

Ich sehe wieder aus dem Fenster. Es regnet. Noch viele Untersuchungen sollen folgen. Doch fürs erste bin ich etwas

75

beruhigt. - Was werden sie jetzt in der Klinik tun? Die Kranken, die Unheilbaren, oder die, die noch Hoffnung haben? Sie erblicken jeden Tag die Neuankömmlinge und die Entlassenen. Sie werden an die Decke starren, an die weiß getünchte Decke, die keine Blume ziert und die nur eben weiß ist und steril. Sie werden an das trügerische Leben denken, das unter den Fingern ihrer Hände zerrinnt, die sich um den Bettbezug krampfen, wenn das Licht gelöscht wird. Dann ist die Zimmerdecke schwarz wie das All. Und sie werden Angst haben, nackte Angst. Und sind allein in den vier Mauern und unter der schwarzen Decke. Sie werden die Dunkelheit mit ihren Augen, in denen noch etwas Hoffnung glimmt, durchbohren. Sie starren in das Nichts...

12. Dezember

In mein Dasein ist wieder Ruhe eingezogen. Miriam und Eileen haben sich nicht mehr blicken lassen, auch Ben. Ich lebe dem Wichtigen und Bedeutsamen, auch wenn es noch so winzig erscheint, den Dingen, denen man im Rasen des Alltags keine Beachtung schenkt. Die Unterschiede sind mir längst klar geworden. Ich sehe es, selbst Unscheinbares erkenne ich.

Doch möchte ich eines so gern in alle Mikrophone schreien, in alle Journale setzen, an alle Wände sprühen, über alle Sender schicken: wie grausam und quälend die Gleichgültigkeit der Mitmenschen ist, vor allem der, die man schon sehr lange kannte. Die mit einemmal vergessen und schmählich enttäuschen. Die mit keiner Faser am Schicksal anderer interessiert sind, wenn es ernst wird und das so genannte Amüsement ausbleibt. Die Menschen, mit denen man Gedanken, Gefühle, Sehnsüchte, schöne Tage

und Tütensuppen teilte. Waren das die gefrorenen Meere in allen?
- Ich war noch einmal am Fluss. Es schneit auf seine Wasser. Es
ist kalt geworden. Doch die Wellen strömen dahin, so wie immer.

Der Gitarrenlehrer

Reindl war fünfundsiebzig. Er hatte aus dem Zweiten Weltkrieg einen Husten mitgebracht, sagte Frau Kramer, die ihn umsorgte, nach dem Rechten sah. Sie wohnte eine Etage unter ihm. Manchmal stampfte er mit dem Fuß mehrmals auf dem Dielenboden auf. Dann eilte sie hoch; sie besaß einen Schlüssel, fragte nach seinem Begehr. Die Kramer ließ sich das gefallen, hatte nichts dagegen, dass er forderte. Als die Älteste von sechs Geschwistern war sie das Arbeiten gewohnt. Der Kummer hatte ihre Züge verhärmt. Sie sprach leise und gütig, eine Frau um die Sechzig, verwitwet, kinderlos geblieben.

Reindl fiel es schwer, zu laufen. Meistens saß er im Wohnzimmer, umgeben von Erinnerungen. Doch er konnte mehr als zehn Instrumente spielen. Er gab noch Stunden als Gitarrenlehrer.

Stella gab mir den Tipp. Sie wollte selbst bei Reindl lernen, hatte von ihm gehört. Wir wohnten in der Nähe. Ich ließ mich überreden. Als wir nachmittags bei ihm klingelten, öffnete Frau Kramer. Kaffeeduft zog durch den Flur. Sie hatte Kuchen besorgt. Reindl thronte im Sessel des Wohnzimmers. Wir begrüßten ihn verschüchtert. „Nun, Mädchen, nehmt Platz", sagte er mit knarrender Stimme. Stühle standen bereit. Frau Kramer kam mit Tassen herein. Wir setzten uns. „Ich bin ein alter Mann", sagte Reindl. „Ich unterrichte nur Schüler, die es ernst meinen. Meine Zeit ist kostbar. Wollt ihr das Gitarrespielen wirklich lernen?" Stella und ich sahen uns an. „Aber ja."

„Ich gebe dreimal die Woche zwei Stunden", fuhr Reindl fort.

„Wem das zuviel erscheint, der kann auch einmal etwas eher eher gehen. Meine Schule ist hart. Aber nur so kann man lernen. Ich hatte viele Schüler." Reindls Augen irrten nachdenklich durch das Zimmer. „Seit ich mehrere Instrumente beherrsche, gebe ich mein Können weiter. Und das ist lange her, als es begann." Er schwieg. Frau Kramer goss Kaffee ein. „Nun, Mädchen, greift zu", meinte Reindl. „Schließen wir Bekanntschaft. Ich werde versuchen, euch beizubringen, wie man die Gitarre handhabt. Ich verlange kein Geld. Eure Gegenleistungen sollen kleine Einkäufe sein, einmal die Asche aus dem Ofen verbringen, Kohlen holen; ihr müsst die Eimer nicht vollständig füllen. Wie es die Gelegenheit ergibt. Frau Kramer wird das Nötige veranlassen." Reindl warf ihr einen schnellen Blick zu. Sie nickte, ohne ihn anzusehen.

Dann tranken wir Kaffee und aßen Kuchen, stellten uns vor, erzählten Persönliches. Doch nach zehn Minuten unterbrach uns Reindl barsch: „Fangen wir an." Er klatschte in die Hände. Frau Kramer verließ das Wohnzimmer.

Auf dem Nachhauseweg diskutierte Stella mit mir. „Was ist denn das nur für einer?"

„Er ist eben alt", entgegnete ich. - „Ja, gut, aber seine Art."

„Stella, nun ja, du kanntest ihn schließlich nicht persönlich, stimmt. Er hat gesagt, dass er ein harter Lehrer ist. Es geht eben nur so. Eine Flasche können wir auch nicht gebrauchen."

„Trotzdem", begehrte Stella auf, „seine unwirsche Art. Er ist so abgehackt, so streng."

„Sei froh, dass wir nichts bezahlen müssen."

„Vielleicht hast du Recht." -

79

Reindl nahm mir das Instrument aus der Hand. „Nicht so. Nicht so. Spiel niemals wieder G-Dur mit Daumen und Zeigefinger. Die drei mittleren Finger werden benützt." Reindl sah mich an. In seinen Augen funkelte es.

„Ja", sagte ich. „Ich werde es versuchen."

„Du wirst es tun. So und nicht anders wird es gemacht." Er gab mir die Gitarre zurück. Ich wollte sofort loslegen, doch plötzlich winkte Reindl ab. „Gut jetzt. Genug für heute. Ich bin müde. Doch übe zu Hause", sagte er versöhnlich. „Auch du, Stella. Jetzt bleibt noch ein wenig sitzen." Wieder wirkte Reindl nachdenklich. „Frau Kramer!" rief er mit matter Stimme. Sie erschien, einem Schatten gleich, im Türrahmen. „Legen Sie doch bitte einmal den Schostakowitsch auf", sagte Reindl. Frau Kramer eilte zu einer Kommode, entnahm eine Schellackscheibe und tat das Gewünschte. „Hört einmal zu", sagte Reindl. Die Klänge erfüllten das Wohnzimmer. Reindls Gedanken schienen in andere Sphären zu entschweben. Er starrte ins Leere.

Mein Blick wanderte über die alten Möbel der Stube, die Kommode, über die ein Spitzendeckchen gebreitet lag. Auf einem Schreibtisch am Fenster lagerte eine mit Intarsien verschnörkelte Truhe, die meine Aufmerksamkeit erregte. Bestimmt war sie ein wertvolles Stück.

Als Schostakowitschs Stück verklungen war, erhob ich mich und näherte mich der Truhe. Ich berührte sie ehrfürchtig. Reindl war aus seiner Lethargie erwacht. Er sah mich und bekam einen Hustenanfall, deutete heftig mit seiner Linken auf mich. Frau Kramer tauchte auf, als hätte sie Derartiges geahnt. „Herr Reindl!" rief sie besorgt.

„Rühr das nicht an!" krächzte er in meine Richtung.

„Aber Mädchen", meinte Frau Kramer. „Lass doch das bitte. Das sind Herrn Reindls Heiligtümer. Da ist er eigen."

Langsam beruhigte sich sein Husten. Rot im Gesicht, hastig atmend, kam er schließlich zur Ruhe. Dann nahm er mich ins Visier. Ich war längst auf meinen Stuhl zurückgesunken. „Tu das nie wieder!" schnarrte Reindl. Ich bemerkte, dass er zitterte. „Ich hab mir nichts dabei gedacht", meinte ich kleinlaut.

„Geht jetzt", sagte Reindl barsch. „Genug für heute", wiederholte er. „Doch wir üben in drei Tagen weiter. Keine Einkäufe."

Wir verschwanden. Im Flur stand Frau Kramer mit ihrem verhärmten Gesicht.

Stella warf das Handtuch, befremdet durch Reindls Verhalten. Ich besaß mehr Ehrgeiz. Stellas Entscheidung brachte ich bei meinem nächsten Besuch stammelnd hervor. Ich hatte ein Donnerwetter erwartet, weil Reindl vielleicht die Botschaft mit dem Boten verwechseln könnte, doch er erhob sich doch tatsächlich und nahm mich gütig bei den Schultern. „Es ist nicht schlimm", sagte er, „womöglich ist Stella etwas zu weich. Dann werde ich meine ganze Kraft dir widmen." Reindl mühte sich wieder in seinen Sessel. Er überlegte. „Sie wird ihre Gründe haben... Oder habe ich sie der kleinen Truhe wegen verschreckt?" fragte er plötzlich.

„Nein. Sie meinte nur, sie seien zu barsch..."

„Zu barsch!" Reindl blickte mich an. „Nun, das wird das Alter sein. Nimm es mir nicht übel." Erneut versank er in Schweigen.

Ich fasste Mut. „Aber was ist denn nur mit der Truhe?"

„Mein Gott, nichts", ächzte er. „Frau Kramer!" Die Frau tauchte

81

auf; sie hatte wohl in der Küche gewirtschaftet. „Frau Kramer",
sagte Reindl, „reichen Sie mir doch mal diese Truhe. Das hört
nicht auf..." Reindl öffnete das Kleinod ehrfürchtig und blätterte in
den darin befindlichen Papieren. „Entschuldigt mein Verhalten. Es
sind eben Erinnerungen. Hier!" meinte er schließlich und gab ein
Foto herüber. „Das war ich als Soldat." Ich nahm das Bild. Das
vergilbte Foto, an den Rändern gezackt, zeigte den jungen Reindl,
uniformiert, in einer Gruppe von Kameraden. Sein Blick war
stechend und doch auf eine gewisse Weise warmherzig; ein
Ausdruck, den ich mir nicht erklären konnte. Die Umgebung, in der
das Bild einst entstanden war, wirkte grau und trostlos. Aschfahler
Boden, links ein Gebäude, an dem der rohe Ziegel bleckte.

„Das war der Zweite Weltkrieg. Wir mussten alle zur Wehrmacht,
du hast sicherlich davon gehört", unterbrach Reindl meine
Betrachtungen. „Es ist wie jetzt, man musste eben."

„Jaja", entgegnete ich. „Ich hab davon gehört. Man musste. Es war
Krieg."

„So ist es, Mädchen." In Reindl kam Leben. „Es war Krieg, und
man musste." Er hatte sich im Sessel vorgelehnt. Die Kramer sah
schweigend und unbewegt zu. Dann fiel sein Blick auf die stille
Frau. Reindl schloss für einen kurzen Moment die Augen. „Gib mir
das Bild!" forderte er. Ich gab es ihm zurück.

„Wir üben heute aus dem Liederbuch der Anna Magdalena Bach",
verkündete er.

Der Sommer kam. Ich machte bei Reindl Fortschritte. Er brachte
mir viele Tricks bei. Ich begann, das Instrument in einem ganz
anderen Licht zu sehen und begeisterte mich für die Klassik. Nie

hatte ich geahnt, was für Töne und Melodien einer Gitarre zu entlocken waren. Reindl war voll bei der Sache. Er besaß die sagenhafte Carulli-Schule.

Ich machte Einkäufe, brachte die Post und die Zeitung hoch, die Reindl mit großem Interesse las, während ich mit ihm und Frau Kramer Kaffee trank. Dann legte er das Journal weg; wir paukten. So ging es lange, bis es eines Tages an der Wohnungstür klingelte. Es war das erste Mal, dass wir während der Übungen gestört wurden. Reindl bekam sonst nie Besuch.

Frau Kramer ging durch den langen Flur. Reindl unterbrach sofort mein Spielen durch eine herrische Geste. Dann lauschte er, angespannt, wachsam. Man hörte halblautes Diskutieren, eine dunkle männliche Stimme, dann wieder das Flüstern der Kramer. Die Tür klappte zu. Die Kramer kam zurück.

„Herr Reindl", sagte sie, „ein Herr Katzberg ist da. Er möchte Stunden bei Ihnen nehmen."

Ich sah, dass Reindl erbleichte. Er war im Sessel zurückgesunken. Seine Augen wanderten unstet im Raum umher. Er sah die Kramer an. „Bitten Sie ihn um Geduld! Gleich!" Sie verschwand. Reindl blieb sitzen, legte den Zeigefinger auf seine Lippen, starrte vor sich hin. „Das kann nicht möglich sein", murmelte er. Dann sah er mich plötzlich an. „Du wirst mir doch einen Gefallen tun, Mädchen", bat er. „Nimm diese Truhe mit. Sie ist verschlossen. Versuche nicht, sie zu öffnen. Beim nächsten Mal bringst du sie wieder her. Zu treuen Händen, verstehst du...?" Reindl wies mit dem Finger auf den Gegenstand. „Bei deiner Ehre."

„Aber gern", erwiderte ich.

„Nun geh. Ich muss die Stunde unterbrechen."

83

Ich verstaute die Truhe in meiner Handtasche und verpackte die Gitarre. Frau Kramer irrte nervös im Flur umher. „Soll reinkommen!" schnarrte Reindl. Ich erhob mich.

Als sie die Tür öffnete und Katzberg hereinbat, ging er langsam an mir vorbei. Ich stufte ihn in das gleiche Alter wie Frau Kramer. Er hatte braune Augen, die mich im Vorübergehen aufmerksam betrachteten. Er lächelte.

Katzberg betrat das Wohnzimmer, schüchtern, mit einem Geigenkasten unter dem Arm. „Guten Tag, Herr Reindl", sagte er mit einer dunklen samtenen beruhigenden Stimme. Reindl lagerte im Sessel, zurückgelehnt. Seine Kiefer mahlten. „Guten Tag, Herr Katzberg, so ist doch Ihr Name?"

„Ja, Katzberg, Ephraim Katzberg, entschuldigen Sie, ich habe mich nicht gleich vorgestellt..."

„Nehmen Sie Platz! Ich sehe, Sie haben eine Geige mitgebracht." Katzberg setzte sich. Er legte behutsam den Kasten neben sich hin. „Ja, ich möchte bei Ihnen, Herr Reindl, gern Stunden nehmen." Reindl schien zu überlegen. Er studierte lange das Gesicht des Eingetretenen. „Haben Sie das Inserat gelesen?"

„Ja. Deshalb bin ich hier." Katzberg faltete die Hände und knetete sie. Dabei sah er sich mit stiller Scheu im Raum um.

„Herr Katzberg, haben Sie noch andere Inserate sondiert?" fragte Reindl.

„Oh ja, ich war bei einigen Lehrern. Doch ich bin wählerisch. Viele sind noch jung. Doch Sie, Herr Reindl, sind alt." Katzberg machte eine Pause. Ihre Blicke trafen sich. „Ihr Alter macht Sie weise. Sie werden mir bestimmt noch etwas beibringen." Reindl musste lächeln. „Nehmen Sie es mir nicht übel, Herr Katzberg, aber Sie sind auch nicht mehr der Jüngste. Was wollen Sie noch lernen?"

„Was für eine Frage, Herr Reindl, angesichts der Tatsache, dass Sie sogar lehren! Man lernt nie aus. Ich muss vieles nachholen. Ich war lange krank. In meiner Jugend spielte ich oft…"

„Nun, wie auch immer", unterbrach Reindl, „geben Sie doch bitte einmal eine Etüde." Er hatte Katzberg unentwegt beobachtet. Während Katzberg die Geige entnahm, sagte er: „Wir waren eine sehr musikalische Familie, meine Mutter eine gefeierte Konzertgeigerin. Aber dann kam der Krieg…"

„Ja, der Krieg", meinte Reindl. Katzberg setzte die Geige an den Hals, schloss die Augen und führte den Bogen an die Saiten. Dann spielte er, und die Melodie erfüllte das stille Zimmer. Reindl sah anfangs noch zu Katzberg hin, später kehrte sich sein Blick nach innen.

Mit Leidenschaft brachte Katzberg das Stück zu Ende. Frau Kramer stand entrückt im Türrahmen. Schließlich brach Reindl das Schweigen. „Das war Stravinsky."

„Ja, Herr Reindl, ich wusste, dass Sie es kennen."

„Wieso?" fragte Reindl.

„Sie sind ein Fachmann, ein Spezialist. Wie fanden Sie es?" Katzberg hielt sein Instrument auf den Knien.

„Nun", Reindl hatte die Fassung wiedererlangt, „ich habe einige Unregelmäßigkeiten bemerkt, aber Sie spielen gut. Sie müssen einmal ein Virtuose gewesen sein, wenn Sie schon von Ihrer Familie sprechen, von den Wurzeln, zweifellos… Aber ich weiß nicht recht, es hat doch etwas Groteskes an sich, wenn ich Ihnen als altem Hasen Griffe und Kniffe lernen soll. Ich bevorzuge eher

85

junge unverbrauchte Menschen, entschuldigen Sie diesen Ausdruck Ihnen gegenüber, Herr Katzberg..."

„Sie haben vielleicht recht", sagte plötzlich Katzberg. „Unverbrauchte Menschen...", wiederholte er nachdenklich. „Eines spiele ich noch, Herr Reindl, dann verlasse ich Ihre Kemenate. Sie haben recht." Wieder setzte er die Geige an und begann zu streichen.

Nach mehreren Melodiezügen erstarrte Reindls Antlitz, schien zu versteinern. Dann, mit einemmal, zuckte er in seinem Sessel zusammen. Er wand sich und entlud sich in einem krächzenden Hustenanfall. Katzberg unterbrach das Spielen. Frau Kramer eilte herbei. Diesmal reichte sie ihm ein Fläschchen, das auf dem Tisch bereitstand. Reindl trank würgend, kam zur Ruhe. Katzberg sah ihn an, unbewegt, mit starrer Miene.

„Schumann, nehme ich an", sagte Reindl unter letztem Hüsteln.

„Ja, Schumann, liegt er Ihnen?" fragte Katzberg.

„Nicht sonderlich, aber er hat etwas", Reindl starrte Katzberg plötzlich an, „gut jetzt. Gehen Sie. Nehmen Sie von den Stunden Abstand. Es tut mir leid."

Katzberg packte die Geige ein. „Das ist ein schlimmer Husten, den Sie da haben. Ich vermute, er ist chronisch."

„Machen Sie sich keine Gedanken darüber, Herr Katzberg", sagte R eindl unwirsch. „Frau Kramer, würden Sie Herrn..."

„Ich nehme an, der Husten ist aus einem strengen Winter", insistierte Katzberg.

Reindl wollte sich aus dem Sessel empor mühen, doch es gelang nicht. Frau Kramer sah entsetzt von Reindl zu Katzberg. „Ich werde gehen", sagte Katzberg ruhig. Er nahm den Geigenkasten behutsam auf und durchschritt langsam den langen dunklen Flur.

Mein Vater überraschte mich am Abend mit einem Ostseeurlaub. Ich war heilfroh, dem Alltag zu entfliehen und schickte nur eine Karte an Reindl, um mich für zwei Wochen zu entschuldigen. Frau Kramer würde die Karte wohl gleich selbst vorlesen.

Der Urlaub war schön. Das Meer wirkte beruhigend. Ich entspannte, lag in der Sonne, verzehrte Eis, sah den Jungs nach. Hier oben an der See war alles anders. Das Leben schien leicht an mir vorüber zu fließen. Ich suchte Muscheln, dachte nur selten an den alten Reindl, der wohl in seiner stillen Stube saß. Ob er sich noch sonnen konnte? Ich vermutete, dass er den Schatten liebte.

Bei unserer Rückkehr lag ein Brief im Postfach. Frau Kramer hatte ihn aufgegeben. Sie teilte mir mit, dass Reindl verstorben sei. Es traf mich wie ein Schock. Egoistisch durchzuckte mich der Gedanke an den Verlust meiner Stunden. Dann entsann ich mich Reindls, schemenhaft, sah ihn im Sessel sitzen, mich scheltend, dann wiederum begütigend einlenkend. Es war vorbei. Ich musste zumindest zu Frau Kramer.

Auf mein Klingeln hin öffnete sie scheu. Ihr Gesicht schien verhärmter denn je. Die Wohnung, die ich bis jetzt nie zu Gesicht bekommen hatte, war spartanisch eingerichtet. „Setz dich, Mädchen", sagte sie. „Möchtest du Kaffee?" Schon war sie in der Küche. Ich sah mich in der Stube um. Alles atmete den Hauch der Vergangenheit, wie bei Reindl. Diese Generation hielt am Alten, Bodenständigen fest. – Frau Kramer kam mit dem Gebräu, ließ sich seufzend nieder. - „Ach, mein Gott! Ich bin übers Wochenende zu meiner Schwester gefahren, als es passierte. Er war versorgt, nichts fehlte. Er wäre allein zurechtgekommen."

„Hat er denn keine Verwandten gehabt?"

„Nein, jedenfalls hat er nichts erwähnt. Er hatte keine Geschwister; Er war wohl ein Einzelkind. Das klingt grotesk, wo er doch schon alt war…" - „Und jetzt lebt er nicht mehr", sagte ich.

„Mein Kind, wie du das sagst", meinte Frau Kramer. „Die Jugend gibt dir vielleicht das Recht…"

„Was ist denn nun geschehen?"

„Reindl hat den Gashahn aufgedreht. Als ich zurückkam, saß er in seinem Sessel, so wie immer. Er war erst einige Stunden tot. Er muss es kurz vor meiner Wiederkehr getan haben, hat es abgepasst. Mein Gott, wenn ich geklingelt hätte… Aber er wusste, ich schließe auf; er konnte schlecht laufen. Ich hab das auch sofort gerochen, hab zugedreht, die Fenster geöffnet, den Arzt geholt, der den Tod bestätigte…"

„Das war geplant?" fragte ich.

„Das kann schon sein. Seit dieser Katzberg uns besuchte, war er nervös und gereizt, bekam häufiger als sonst Hustenanfälle. Es muss mit ihm zu tun haben. Aber dass man sich gleich umbringt." Frau Kramer schüttelte den Kopf.

„Der Herr, der kam, als ich ging?"

„Ja, der."

„Wollte er Stunden nehmen?" fragte ich.

„Natürlich. Aber er konnte schon wunderbar Geige spielen."

„Warum wollte er dann Stunden nehmen?"

„Ach, Kind, das weiß ich nicht." Frau Kramer war bekümmert.

„Das ist alles sehr traurig", sagte ich. „Ich lass Ihnen meine Telefonnummer da. Wenn Sie mal Unterstützung brauchen, dann soll es wie früher sein."

Zuhause in meinem Zimmer dachte ich an das Geschehene. Ich erzählte meinem Vater nur, dass Reindl plötzlich verstorben sei. Mein Vater sah mich nachdenklich an. „Seltsam", sagte er. „Nun, Mein Vater sah mich nachdenklich an. „Seltsam", sagte er. „Nun, er war alt. War er krank?"
„Er hatte einen Husten."
„Einen Husten?"
„Er hat ihn aus dem Krieg mitgebracht, sagt Frau Kramer."
„Aus dem Krieg?"
„Ja, aus dem Krieg!" Ich wurde gnatzig. „Ein chronischer Husten eben."
Mein Vater sah mich befremdet an. „Das kann ich doch nicht wissen! Und daran ist er gestorben?"
„Ich weiß es doch nicht."
„Vermutlich das Herz", sagte mein Vater und schloss die Zimmertür.
Mein Blick fiel auf die kleine Truhe, die hinten in der Ecke des Schreibtisches stand. Ich hatte sie noch nicht zurückgebracht. Doch wenn Reindl keine Erben hatte…
Ich nahm die Truhe. Sie war verschlossen. Das hatte Reindl auch betont.

„Dieser Katzberg war wieder da!" berichtete Frau Kramer. Sie hatte angerufen. Ich war gleich hingeeilt. „Wir haben einen Kaffee genommen. Er schien sehr bedrückt des Ablebens Reindls wegen."

„Was, er war hier in der Wohnung?" fragte ich.

„Aber ja."

„Wollte er wieder Stunden nehmen?"

„Nein, er wollte sich entschuldigen, für sein brüskes Verhalten."

„Hatten Sie keine Angst?"

„Mädchen, vor wem sollte ich wohl Angst haben? Mein Leben bestand nur aus Arbeit und Mühe. Wer sollte mir etwas tun?"

Ich sah auf Frau Kramers Hände; sie hatte sie gefaltet, als würde sie ihnen Einhalt gebieten, schon wieder zu richten, zurechtzurücken, zu helfen.

„Ich habe noch die Truhe", sagte ich.

„Ach ja, die Truhe." Unschlüssig sah mich Frau Kramer an. „Werfe sie weg", sagte sie plötzlich.

„Was, wegwerfen?" Ich war überrascht.

„Werfe sie weg", wiederholte sie. „Die alten Sachen. Die braucht niemand mehr." Sie seufzte.

„Aber vielleicht wollen Sie die Truhe?" begehrte ich auf. „Wissen Sie, was sonst noch drin ist?"

„Alte Bilder, denke ich. Alter Kram. Erinnerungen." Sie erhob sich. Mir entging nicht, dass sie mich zum Gehen drängte.

Als es an der Wohnungstür klingelte, öffnete mein Vater. Draußen stand ein tadellos gekleideter Herr in schwarzem Sakko und Schlips. „Guten Tag, mein Name ist Katzberg, Ephraim Katzberg. Ich komme Ihrer Tochter wegen. Sie war eine Schülerin von Herrn Reindl, wussten Sie das?"

„Ja, das ist mir bekannt", sagte mein Vater. „Aber ich verstehe nicht."

„Könnte ich bitte Ihre Tochter sprechen?" Durch die Seriosität beeindruckt, ließ mein Vater ihn ein. „Na gut, kommen Sie!" Er geleitete Katzberg ins Wohnzimmer, holte mich hinzu. Katzberg begrüßte mich, wir setzten uns.

„Kann ich Ihnen etwas zu trinken anbieten?" fragte mein Vater.

„Nur ein Glas Wasser bitte." Mein Vater eilte; die Sache begann ihn zu interessieren. „Aber nun, ich höre."

„Ich habe diesen Hinweis von Stella bekommen, einer Freundin Ihrer Tochter", begann Katzberg. „Beiden gab Reindl Stunden." Ich spürte, wie mein Blut in den Schläfen pochte. Hatte er etwas mit Reindls Tod zu tun? „Ich bin Jude", sagte Katzberg übergangslos. „Wie Sie unschwer meinem Namen entnehmen können…"

„Das – ist mir nicht entgangen. Aber worauf wollen Sie hinaus?" wollte mein Vater wissen. „Welcher Hinweis?"

„Ich muss von vorn beginnen", berichtigte sich Katzberg. „Lassen Sie es mich erklären. Ich hatte Reindl aufgespürt, nach so langer Zeit. Ich bin durch viele Städte gefahren, auf der Suche nach einem Lehrer, einem musikalischen Lehrer. Meine Hoffnung klammerte sich daran, dass er seine Passion noch nicht aufgegeben hatte. Ich habe Reindl wieder erkannt, als ich ihn fand. Im Augenblick des Erkennens wurde ich völlig ruhig. Ich wollte ihn unter Druck setzen, überführen, als ich eine Stunde bei ihm nahm. Aber es fehlte ein Beweis. Und ich weiß, dass die Deutschen alles aufheben. Ich umschlich das Haus; ich hatte nicht immer die Gelegenheit, bekam nicht einmal mit, dass diese Frau Kramer, wohl seine Haushälterin, die Wohnung aufgrund einer Reise verließ. Und dann vergaste er sich plötzlich, eine merkwürdige Parallele..."

„Er hat was?" fragte mein Vater.

„Ich wusste nicht so richtig, wie ich es anstellen sollte, um trotz allem Gerechtigkeit walten zu lassen." Katzberg ging auf die Frage nicht ein. „Bei einem erneuten Besuch in seiner Wohnung, als Frau Kramer mir sein ungewöhnliches Ableben eröffnete und zwischenhinein einen Kaffee brühte, blätterte ich seine Karteikarten durch. Ich merkte mir die Adressen der neuesten Schülerinnen und hoffte, einen Anhaltspunkt zu finden. Es musste eine Spur geben. Ich konnte nicht einfach die Wohnung durchwühlen. Ich hätte mich ins Unrecht gesetzt. Von Stella erfuhr ich dann, dass es einen kleinen Eklat gegeben hatte, wegen einer Truhe. Ich hatte meine Spur." Mir wurde langsam heiß.

„Sie haben Stellas Eltern besucht?" fragte mein Vater.

„Ja. Dort habe ich noch gelogen, gab mich als Freund der Frau Kramer aus, wollte Näheres wissen... Hier und heute spreche ich die Wahrheit."

„Was wollen Sie jetzt?" fragte mein Vater.

„Ich weiß nicht recht. Ich konnte die Truhe nirgends entdecken. Ihre Tochter, so Stella, wollte sie anfassen, bewundern, aber Reindl reagierte affektiert, panisch. Stella brach daraufhin die Stunden ab. Das brachte mich auf den Gedanken, dass Reindl darin alte Unterlagen aufbewahren könnte, die seine Vergangenheit betreffen."

„Warum hast du mir nichts davon erzählt?" wandte sich mein Vater an mich.

„Ich fand das nicht so dramatisch", sagte ich, rot im Gesicht. „Er war ihr sowieso zu barsch." - „Ja, er hatte immer eine barsche Art", meinte Katzberg. „Aber Kinder deuten da nichts Verborgenes hinein."

„Nun suchen Sie die Truhe, und die Kramer hat sie womöglich versteckt", vermutete mein Vater.

„Sie hat sie nicht. Ich kenne die Menschen", sagte Katzberg.

„Haben Sie Frau Kramer wegen dieser Truhe befragt?"

„Nein. Das war nicht nötig. Sie kennt nicht deren Inhalt. Sie ahnte ihn nur. Ich bemerke das. Sie hat sie nicht", wiederholte er.

Nach kurzem Schweigen fuhr Katzberg fort: „Nun ist er mit einemmal verstorben..." Er sah starr vor sich hin. Dann plötzlich fiel sein Blick auf mich, und die dunklen Augen schienen meine innersten Gedanken zu durchschauen.

„Ich – ich hole die Truhe", stotterte ich. Katzberg schloss für einen kurzen Moment die Augen, während mein Vater aufbrauste. „Du hast die ganze Zeit geschwiegen?" Schon hatte er die Hände auf den Armlehnen des Sessels.

„Nicht das Kind..." Katzberg hob abwehrend die Hände. „Sie hat mit der Sache nicht das Geringste zu tun. Reindl hat sie benutzt, wie so viele." Mein Vater, auf merkwürdige Weise durch Katzbergs Tonfall beruhigt, sank in den Sitz zurück.

Ich stellte die verzierte Truhe auf den Tisch und setzte mich wieder. Schweigen. Ich hatte das Behältnis in letzter Zeit oft genug gesehen. Ja, sie war verschlossen, oder war sie der Schlüssel? Mein Vater betrachtete furchtsam die Truhe, wie eine Bombe, die es zu entschärfen galt. Allein Katzbergs Augen ruhten auf dem Kleinod mit nicht zu erratenden Gefühlen. Wie sah er sie an? Wie ein Sieger? Nein, er schien müde. Wie am Ziel eines Weges.

Katzbergs Lippen pressten sich unmerklich aufeinander. „Zweifellos gehörte dieses Stück Moshe", bemerkte er. „Wir waren zusammen in Treblinka."

„In diesem Vernichtungslager?" bemerkte mein Vater.

„Ja", sagte Katzberg leise, mit brüchiger Stimme.

„Mach sie auf", sagte ich zu meinem Vater. „Ich verstehe, warum Reindl so verrückt gespielt hat, als ich sie einmal berühren wollte."

„Ein Reflex", sagte Katzberg aufmerksam. „Das kleine Vorhängeschloss ist neu. Er musste sie damals im Lager aufbrechen."

Mein Vater ging in den Flur und kehrte mit einem Bolzenschneider zurück. „Soll ich?" fragte er. Katzberg nickte. Die Truhe wurde geöffnet; mein Vater hob den Deckel an. Sein Blick fiel hinein. „Totenkopfverbände", meinte er tonlos. Er drehte sie um, schob sie bedächtig dem Juden hin und setzte sich.

Katzbergs und meines Vaters Blicke begegneten sich. Dann kippte Katzberg langsam den Inhalt auf den Tisch. Wieder sah er müde aus. Truhe Moshe, Inhalt Reindl. Zögernd, mit ruhigen Händen, ging er die alten vergilbten Fotos durch.

Ich ging zum Fenster. Draußen warf Spätsonne ihre Strahlen über die Bäume.

Schließlich, nach langem Betrachten, rückte Katzberg die Bilder zusammen. Er vergrub das Gesicht in beiden Händen, rieb sich die Augen und gab es wieder frei.

„Ich möchte nicht länger hinterm Berg halten", begann er. „Hier sind sie alle. Reindl war Sturmbannführer bei der SS in Treblinka. Das Gesicht werde ich nie vergessen. Moshe, mein Kamerad Moshe, hatte in dieser Truhe ebenfalls Fotos, kleine

Habseligkeiten. Reindl nahm es wahr. Er nahm alles wahr. Er konfiszierte die Truhe. Sie gefiel ihm. Moshe ging ins Gas."

Ich ging zu meinem Vater. Er ergriff meine Hand. Wir hörten zu.

„Meine ganze Familie kam ins Lager. Ich konnte eine Geige bis ins KZ retten. Ich wollte früher aufs Konservatorium, was sich aufgrund der Rassengesetze erübrigt hatte. Ich wusste nicht, dass ich mein Leben Reindl verdanke. Er sah die Geige. Er sah mich. Auch er liebte die Musik. SS – doch Feingeist. Ich musste ihm vorspielen. Reindl war begeistert. Das bewahrte mich vor dem Gas, vorerst."

Katzberg machte eine Pause.

„Und dann?" fragte ich, was meinen Vater, der ebenfalls gebannt lauschte, bewog, zu mir hochzusehen. So von oben herab hatte ich ihn noch nie angeschaut.

„Von Stund an spielte ich ihm Stücke vor, in heilloser Angst. Ich spielte um mein Leben, und meine Eltern gingen ins Gas. Einmal waren sie alle schwer betrunken, er und seine Spießgesellen. Sie holten mich aus der Baracke. Ich sollte nackt spielen, Schumann wollte er hören. Reindl stellte mich auf diese Weise vor. Und ich belud mich mit zweifelhaftem Ruhm, um zu überleben. Ich kann Schumann mit verbundenen Augen spielen; dieser große deutsche Komponist wird auf ewig ein Stachel in meiner Seele sein. - In diesem Winter gebar Reindl seinen Husten. Er hatte die polnische Kälte unterschätzt. - Und ich wollte es nicht glauben, Reindl zeigte mir einige Griffe, in seinem Büro, die ich noch nicht kannte. Er konnte auch anders sein, er war zerrissen. Er betätigte sich schon damals, wie ich erfuhr, als musikalischer Lehrer. Für Kinder aus gut betuchten Familien, SS-Größen, die Hausmusik

95

pflegten." Erschöpft hielt Katzberg inne. Mein Vater nickte gedankenverloren. Ich stellte mir das Lager vor, grau, trostlos, drahtverhauen, was man so gehört hatte aus dem Geschichtsunterricht. Ausgemergelte Gestalten, hohlwangig, mit hoffnungslosen Gesichtern. Die Fotos in den Büchern.

„Reindl liebte und hasste mich. Ich war trotz allem ein besserer Virtuose als er. Denn als er spielte, in voller Uniform, vor mir, versagte er einmal. Es war in seinem Büro. Reindl schrie nur, der Tag sei anstrengend gewesen, ich solle nicht glauben, ich hätte Narrenfreiheit. Ich käme schließlich auch ins Gas, wie alle. In seinen Augen spiegelte sich unverhohlene Wut. – Doch in diesem Moment der Todesangst kam mir ein unbeschreiblicher Gedanke. Ich sagte, dass wir uns doch nach dem Krieg treffen, gemeinsam auftreten könnten, in Konzerten. Wir könnten die musikliebenden Menschen begeistern. ‚Nach dem Krieg?' fragte Reindl und lächelte. ‚Nach dem Endsieg', sagte ich. Mit einemmal wurde er starr. ‚Du bist Jude', sagte er nur. Plötzlich lachte er wie irre und warf die Geige in eine Ecke des Büros. Mein verängstigter Blick folgte dem zersplitternden Instrument. Dann sah ich auf seinem Schreibtisch Moshes Truhe. ‚Geh jetzt', sagte Reindl barsch und drehte mir den Rücken zu. Seine Augen mochten durch das Fenster über das Lager gleiten, ich wusste es nicht."

„Und sie leben", sagte mein Vater.

„Ja. Reindl hat mich vergessen, verdrängt; ich kam nicht ins Gas. Ein Wunder. Die hatten andere Sorgen; der Russe näherte sich. Ich kam am Ende frei, habe die Lungenentzündung noch im Lager überwunden, habe überlebt..."

Mein Vater sah mich an und holte Atem. „Ja, dann nehmen Sie

die Truhe mit! Was werden Sie tun? Staatsanwaltschaft?"

Katzberg hob den Kopf. „Aber ja. Reindl hat sich mit dem Klüngel fotografieren lassen. Hier sind sie alle", wiederholte er.

„Sie sind alle alt geworden", warf mein Vater nachdenklich ein.

„Das mag sein", sagte Katzberg. „Ich bin auch älter geworden. Sie werden büßen, alt und weise, werden sie dennoch büßen. Ich muss gehen." Mit diesen Worten erhob er sich. „Richte bitte Stella meinen Dank aus. Ich werde mich erkenntlich zeigen."

Wir verabschiedeten uns, bedrückt, verlegen. Katzberg sah uns lange an, bevor er die Wohnung verließ.

Mein Vater öffnete eine Flasche Bier. In mein Zimmer zurückgekehrt, schob ich die Gardine zur Seite und blickte durch die Scheibe. Die Dämmerung war längst hereingebrochen. Dann sah ich Katzberg in seinem schwarzen Anzug. Er durchschritt die lange dunkle Straße.

Die Katze

In meiner Kindheit wohnte gegenüber eine Familie mit vier Kindern in einem großen Haus. Ein Zaun trennte unsere beiden Areale, doch statt den Eingang zu ihrem Anwesen zu benutzen, was einen Umweg bedeutet hätte, kletterte ich meist über das Maschendrahtgeflecht. Ich war mit ihren zwei Söhnen befreundet. Die Eltern besaßen ein riesiges Grundstück mit Blumenwiese, einer Schaukel, einer Garage und einer Werkstatt. Man konnte das ganze Haus umrunden, und wir spielten Räuber und Schanzer, Verstecken und vieles mehr. Die Berufe der Eltern waren mir unbekannt, und sie interessierten mich auch nicht.

Das Wichtige war, dass sie eine Katze hatten. Dieser Katze galt unsere uneingeschränkte Liebe und Fürsorge, obwohl ein solches Tier, das den ganzen Tag draußen herumstromerte, für sich selbst sorgen konnte. Ich mochte sie besonders. Ich hatte nie eine Katze besessen und hielt sie oft in den Armen, während meine Freunde mich ein wenig belächelten, denn sie waren es ja gewohnt. Fast täglich gehörte es einfach dazu, dass ich zu ihnen kam und das übliche Ritual der Begrüßung vollzog.

Eines Tages wurde die Katze trächtig, und schließlich warf sie vier Junge. Nachdem die winzigen Nachkommen aus dem Gröbsten heraus waren, durften wir uns ihnen wieder nähern. Die Katzenmutter kannte uns und wusste, dass sie uns vertrauen konnte, obwohl sie immer ein wenig wachsam blieb, aber das liegt in der Natur einer Mutter. Wir spielten mit den Kleinen, streichelten und verwöhnten sie. Der Sommer schien endlos sonnig, die Blumen entfalteten ihre ganze Pracht auf der Wiese, und die Schaukel stand nie still. Nur im Winter blieben die Katzen im Haus.

Doch manchmal sah ich die Katzenmutter einsam durch den Schnee stapfen; offenbar war sie auf der Jagd nach Mäusen.

Als der nächste Frühling kam und die letzten Schneereste schmolzen, war ich sofort wieder bei meinen Freunden auf dem Anwesen. Die Kleinen waren inzwischen gewachsen und etwas wehrhaft geworden. Doch das war nicht so schlimm, denn meine Liebe galt mehr deren Mutter. Manchmal, als ich auf der Schaukel saß, die zwischen zwei Haselnusssträuchern aufgespannt war, kam die Katze zu mir, umstrich meine Beine und sah mich mit ihren rätselhaften unergründlichen Augen an, als hätte sie meine Zuneigung erkannt.

Wieder kam ein Winter und wieder ein Sommer, und ich hatte nun andere Probleme, zum Beispiel in der Schule und mit meinen Eltern. Auch ich war größer, reifer geworden, genau wie die vier Katzenjungen, die mittlerweile überall herumstreunten und mich mit seltsamer furchtsamer Wildheit beobachteten. Sie hatten das Interesse an ihrer Mutter verloren, waren selbständig, und auch die Mutter überließ dem Nachwuchs das Tun und Treiben. Und wieder bemerkte ich, dass sie mich mochte, mehr als sie meine beiden Freunde mochte.

Erneut brach die kalte Jahreszeit herein, und ich wartete nicht mehr ungeduldig auf den Frühling, wenn doch, dann aus anderen Gründen. Als die Blumen wieder blühten, vergaß ich ganz und gar die Katzenmutter, bis sie mir schließlich wieder einfiel. Wie konnte das nur passieren?

Dann erspähte ich sie. Sie hatte zugenommen, war schwer und auch älter geworden, und ich überkletterte nicht den Maschendrahtzaun, sondern nahm den Zugang zum Anwesen.

Ich fand das Grundstück ein wenig fremd; meine Freunde waren heute nicht mit von der Partie, aber ich hatte die Erlaubnis, mich dort aufzuhalten. Ich setzte mich auf die Schaukel und wartete lange, sehr lange, bis die Katze schließlich kam. Ihre Nachkommen waren nicht zu sehen.

Die Katzenmutter umschlich mich und aus ihren Augen schienen mir wieder Rätsel zu sprechen. Ich wollte sie zu mir hochnehmen, doch diesmal wich sie aus.

Wieder kam ein Winter, und gelegentlich sah ich die Katze durch den Schnee stapfen.

Der nächste Sommer kam, und ich sammelte Haselnüsse in unserem Hof, denn auch bei uns stand so ein Strauch; an einer kleinen Böschung duckte er sich in der Ecke an eine Mauer. Ich grapschte nach den Nüssen bis in diese Ecke hinein, und dann sah ich sie, die Katze.

Ihr helles Fell war nicht mehr zu erkennen; das Fleisch lag bloß, sie war halb skelettiert, und in ihrem Innern wühlten Maden. Mit würgendem Ekel wandte ich mich ab und sah hinüber zum Nachbarareal. Meine Freunde waren heute auch nicht da.

Drüben blühten Blumen, und im Winkel ruhte die Schaukel. Die Sonne schien, doch es wurde langsam Abend, und der Haselnussstrauch warf lange Schatten.

Mir wurde mit einem Mal klar, dass meine Kindheit unwiderruflich zu Ende war.

Der Garten

Auf der Rückfahrt nahm ich einen Umweg durch eine Ortschaft, die ich gut kannte. Die Eltern eines Freundes hatten hier früher in einer Gartensparte ein Grundstück mit Laube besessen. Unwillkürlich drosselte ich die Geschwindigkeit des Wagens, als ich an den Parzellen vorüber kam, doch diesmal parkte ich ihn rechts auf einem unbebauten asphaltierten Gelände ab und stieg aus. Die Luft war schwül. Überall schoben bunte Blumen ihre Hälse durch die Zäune und ich sog ihren Duft ein.

Damals war ich siebzehn. Der Kumpel hatte mich an einem Sommerabend zu einer Fete in einer benachbarten Laube eingeladen, am Ende der Sparte gelegen. Die Clique integrierte mich ohne Vorbehalte. Man öffnete Biere, witzelte, hockte auf einem alten Sofa vor der Laube herum. Eine zwanglose Zeit... Wie waren noch ihre Namen? Die Gestalten fielen mir wieder ein. Da war einer, den jeder ‚Louis' nannte, ein hagerer interessanter Mensch mit dünnem Haar, eine Art Ruhepol. Und ein kleiner kräftiger Typ mit schwarzem langem Schopf, unter dem Rufnamen ‚Boxer' bekannt, der alles durcheinander brachte. Schließlich die ‚Katze', ein geschmeidiges dunkelblondes Mädchen in hautengen Jeans, die mich gleich verrückt gemacht hatte. Sie war in Ordnung, genoss jedoch sichtlich die Narrenfreiheit und den Schutz in der Clique.

Nach Mitternacht waren wir noch in einem Teich nackt baden gegangen, der sich unmittelbar an das Spartengelände anschloss. Dahinter begann freies Feld. Nur der Mond hatte unsere entblößten, von allen Zwängen frei gemachten Körper beschienen

101

und das Lachen die Nacht erfüllt. Ich erinnerte mich, heftig mit der Katze geflirtet zu haben; doch ich gehörte zu wenig dazu, und der Boxer hatte mich in der Dunkelheit gewarnt, dass er sich das nicht vermasseln lasse; er würde selbst schon lange um sie werben...

Als morgens die Dämmerung kam, schlich sich mein Kumpel in die Laube seiner Eltern, die bereits schliefen. Der Boxer brachte die Katze nach Hause. Alle hatten sich verzogen; übrig blieben Louis und ich. Louis räumte in der Laube noch auf und bot mir als amtierender Übervater noch Kaffee an. Doch nach dem Genuss des Gebräus meinte Louis, dass ich hier nicht bleiben könne. Sein Onkel würde in wenigen Stunden mit seiner Frau auftauchen und hier eins auf Erholung machen. Ein Glück, dass er die Laube für die Fete frei bekommen hätte.

Und so war es gekommen, dass ich mich auf der Trainerbank des örtlichen Fußballplatzes zur Ruhe legte und am Vormittag mit dem Zug nach Hause gefahren war...

Vor siebenundzwanzig Jahren. Ich tastete mich langsam den Gartenweg entlang. Das Grundstück der Eltern meines Freundes war längst in andere Hände geraten. Schließlich blieb ich vor einer Parzelle stehen, die schon nicht mehr diesen Namen verdiente. Ja, hier musste es gewesen sein.

Ein Zaun war nicht mehr vorhanden. Einige stumpfe Steinpfeiler ragten am Rand noch aus dem Boden. ich betrat das Terrain. Wilde Heckenrosen und kniehoher Farn bedeckten das Erdreich beiderseits des ehemaligen Zugangs zur Laube. Das kleine Gebäude selbst war verwittert, verfallen, am hinteren Ende das Dach zusammengebrochen, mit Gesträuch überwuchert von allen Seiten. In der Laube befand sich Unrat.

Ich wählte den Weg zum nahe gelegenen Teich. Zu seiner Überraschung fand ich ihn umzäunt. Das gesamte Gelände war jetzt Privateigentum. An einem Gartentisch saß eine Familie und sah interessiert zu mir herüber. Ich umkrampfte die Latten des Zauns. Mein Blick fiel auf die Seerosen, die die Oberfläche des Wassers bedeckten. Was hatten wir damals gehört? ‚Forever in blue Jeans.'

Am Meer

Ich fuhr im Sommer mit Pat einige Male an die Ostsee nach Dierendorf, einem idyllischen Ort, den man uns empfohlen hatte. Wir waren oft ziemlich einsam an der Küste, kannten niemanden, aber die Luft und das Meer taten uns gut. Ich schwamm weit hinaus und sah zum Ufer zurück; die Gestalten wurden immer kleiner, entfernten sich, und ich musste zum ersten Mal an den Tod denken.

An einem Anreisetag liehen wir uns einen Strandkorb und ich handelte mit einer jungen Frau, die diese Aufgabe innehatte, die Formalitäten aus. Pat schoss ein Foto.

Die Frau, deren langes blondes Haar vom Wind zerzaust wurde, stand auf einer Düne unmittelbar am Weg, der zum Strand führte. Sie hatte eine Liste vor sich auf einem Campingtisch liegen und trug dort die Nummer ein. Dann gab sie mir ein Ticket und lächelte mich an. In diesem Moment, als der salzige Wind vom Meer herübergetragen wurde, übermannte mich ein Gefühl grenzenloser Sehnsucht." –

Manchmal gehe ich mit Pat abends ans Meer. Wir beobachten das Spiel der Wellen, wie das Wasser an das Gestade brandet, als ob wir etwas völlig Neues sehen würden.

Doch suche ich gelegentlich allein die Nähe der See und starre nachdenklich in die uferlose Weite. Ich denke an Freunde, ich denke an Familien, deren Mitglieder sich voneinander entfernen wie die Sterne im All, an Menschen, die durch einen dummen Zufall wie durch Ozeane getrennt scheinen und an andere, die der Zufall zusammenführt. Das Leben ist kurz.

Der Beginn der menschlichen Gesellschaften war gekennzeichnet durch den Zusammenschluss von etwa zwanzig bis dreißig Personen, die alle miteinander verwandt waren.

Erinnerung

Ich parkte den Wagen direkt vor dem Gebäude. Hier war ich aufgewachsen. In diesem Häuserblock hatte ich meine Kindheit und Jugend verbracht, kam zur Armee, kehrte zurück, lernte meine zukünftige Frau kennen, zog aus und heiratete. So vergingen 23 Jahre. Ich war sozusagen abgenabelt.

Später besuchte ich meine Eltern, und als mein Vater starb, dann nur noch meine Mutter. Noch lange wurde zum Kaffee eingeladen; ich feierte Geburtstage mit und erledigte gelegentliche Einkäufe. Alles schien hier noch vertraut. Die Zeit verging.

Als meine Mutter nicht mehr gut sehen konnte und einen Schlaganfall erlitt, musste sie ins Pflegeheim; es war unumgänglich, dass man rund um die Uhr für sie sorgte. Niemand trug die Schuld an diesem Umstand. Die Wohnung wurde beräumt.

Seit zwei Jahren war meine Mutter schon im Heim, und erst jetzt fand ich den Mut, zu unserem ehemaligen Haus zurückzukehren. Mittlerweile war ich sechzig.

Ich stieg aus dem Wagen und lief langsam an der Parterrewohnung vorüber, das Badezimmerfenster, das Küchenfenster, das Kinderzimmerfenster. Leere Höhlen; noch war niemand wieder eingezogen.

Von der Stirnseite bis nach hinten zum Hof waren Stahlplatten verlegt, um die Wiese zu schonen; kürzlich hatten sich hier noch Baufahrzeuge bewegt. In der Kurve zum Hof sah ich das kleine Geviert, dass mein Vater früher angelegt hatte; nur noch wenige Blumen wuchsen hier, es hatte sich nachdem niemand mehr darum gekümmert. Im Hof sah ich, dass man die ehemals freien Balkone vollständig verglast hatte. Es war nicht mehr einladend.

Ich betrachtete das Schlafzimmerfenster meiner Eltern, unter dem damals, vor langer Zeit, ein Foto geknipst wurde, irgendein Schulanfang, mit meiner Tante und meiner Großmutter.

Ich sah die Ziegelwand einer angrenzenden Garage, gegen die tagtäglich unzählige Fußbälle gedonnert wurden und die Wand, an die wir uns als Kinder mit geschlossenen Augen gelehnt hatten, um uns dann gegenseitig beim Verstecken zu finden.

Ich sah die sanft abfallende Wiese, auf der wir im Sommer lagen und Bücher lasen. Ich sah den Ahorn, den ich erklettert hatte.

Und mir fielen die ganzen Leute ein, die ich alle gekannt hatte, die Eltern meiner Spielkameraden und Kumpels. Sie waren fast alle schon verstorben. Es wirkte alles seltsam fremd.

An der gegenüberliegenden Stirnseite thronte immer noch die alte Kastanie. Sie beschert jeden Herbst Kastanien, und ich sammelte einige auf, um sie mit nach Hause zu nehmen.

Als ich in den Wagen stieg, musste ich an die letzte Einstellung in *Martin Scorseses* Film *Gangs of New York* denken. Es ist ein Grabhügel, der im Zeitraffer zuwächst, Steine und Kreuze sinken in den Boden, bis nur noch Gras zu sehen ist, während im Hintergrund aus Holzhütten Steinhäuser werden und schließlich Wolkenkratzer in den Himmel ragen. Nie war es deutlicher, wie sich das Leben verändert.

Ich startete den Motor und fuhr nach Hause.

Schulkameraden

Da brachten sie ihn wieder im Autoradio, diesen aufwühlenden Song von „Slade". Felber musste seine Pizza zurück in die Schachtel legen und schob sie auf den Beifahrersitz. Dem Gefühl konnte er sich nie verschließen, wenn er die Klänge vernahm. Und es schmeckte ihm dann nichts mehr. Das waren noch Zeiten.

Felber hatte gestern den blauen Brief bekommen. Ja, die wirtschaftlichen Schwierigkeiten... Jetzt saß er in seinem alten Wagen vor einem Kaufhaus der Stadt. Hinter ihm wogte der Verkehr.

Wie war das damals zur Klassendisko in der Zehnten? Bei „Slade" wurden alle immer unruhig. Felber hatte sich nicht getraut, sie aufzufordern, vor aller Augen. Und ein anderer kam schneller hinzu, besaß den Mut.

Doch Felber behielt etwas zurück, das er sich bis heute aufbewahrt hatte. Diesen Song auf einer alten Kassette. Und die winzige Hoffnung, Manja wieder zu sehen. Wie mochte es ihr gehen?

Felber startete den Wagen und fuhr zum nahe gelegenen Park. Er stieg aus, schloss die Lederjacke und schlenderte durch die Anlagen. Der Herbst hatte heuer früh begonnen. Er zündete sich eine Zigarette an. Felber konnte sich nicht erinnern, jemals so entspannt gewesen zu sein. Wie ruhig doch alles war! Wie feenhaft die Blätter fielen! Musste man erst seine Arbeit verlieren, um derlei zu bemerken?

Felber wusste, dass Ursula einst Manjas beste Freundin gewesen war. Als er bei ihren Eltern läutete, öffnete ihm eine Frau um die Sechzig, Ursulas Mutter.

„Hallo, Felber mein Name. Ich bin seinerzeit mit ihrer Tochter in eine Klasse gegangen." Das Gesicht der Frau wurde eine Spur freundlicher. „Hallo. Na so was."

„Ja, ich dachte mir, dass Ursula vielleicht noch die eine oder andere Adresse hat... - Wir wollten mal ein Klassentreffen organisieren..."

„Na, wenn Sie mal mit Ursula reden wollen, sie arbeitet in der Bäckerei an der Lenin... - an der Heinrich-Schütz-Straße. Schaun Sie doch mal vorbei."

Felber betrat das Geschäft. Eine Weile betrachtete er nachdenklich die Kuchenstückchen. Dann kam tatsächlich Ursula aus einem Nebenraum. Schwarzes Haar, ein paar kaum merkliche Fältchen. „Sie wünschen?" Dann stutzte sie. „Bernd, bist du das?"

„Ja. Ich - ich wollte zu dir, Ursula. Ich war bei deiner Mutter..."

Ursula riss ihre dunklen Augen auf. „Ich hab dich jetzt nicht gleich erkannt. Dass du dich mal hier sehen lässt." Sie lächelte. „Mann, wie lange das schon alles her ist. Gibt's einen besonderen Grund?"

„Hast du mal jemanden aus unserer ehemaligen Klasse getroffen?" fragte Felber zurück. „Ich wollte einige aufsuchen. Hab grade den Job verloren und viel Zeit."

„Ach, Bernd, tut mir leid. Das kennt man."

„Wie geht's dir denn so?"

„Siehst du ja. Vor Jahren arbeitete ich in einer Boutique; das war

109

immer mein Traum, aber der ist schnell zerplatzt. Wir hatten einen Gesellschafter, der stellte eine zwanzigjährige Gehilfin ein. Die grub mir das Wasser ab, da kann man nichts machen. Junge Leute ziehen. Jetzt verkaufe ich Brötchen."

„Brötchen", murmelte Felber. „Und kein Krümel fällt ab. Heute kriegt keiner mehr Kuchenränder. - Sag mal, Manja war doch deine beste Freundin damals. Was ist denn aus ihr geworden?"

„Manja?" Ursula sah zur Seite, überlegte. „Keine Ahnung. Ich hab sie auch seit Ewigkeiten nicht mehr gesehen. Sie haben sich in alle Winde verstreut. Aber frag mal Reiner. Der kauft ab und zu hier ein. Er wohnt gleich zwei Straßen weiter, schräg gegenüber von dieser Erlebniskneipe. Oh", unterbrach sie, „Kundschaft."

„Okay, Ursula. Ich komm mal wieder vorbei." Felber nickte ihr zu.

Reiner öffnete die Tür, die mit einer Kette gesichert war. Er musterte Felber durch den Spalt. Reiner trug einen Bademantel und telefonierte, das Gesicht angespannt vor Konzentration. „Das klär ich ab", sprach er verzagt ins Handy und blickte Felber unverwandt an. „Ja, ja, nein - ich mach das schon, nein, ich hatte gestern zwei Interessenten. - Es hat grade geklingelt, ein Kunde. Ich melde mich umgehend." Das Gespräch war beendet. Reiner löste die Kette an der Tür. „Ich hab ein Gedächtnis für Gesichter. Bernd, Mensch, komm rein. Entschuldige, man hat ständig zu tun."

„Hallo, Reiner." Sie umarmten sich kurz, gingen ins Wohnzimmer. „Hab vorhin Feierabend gemacht", sagte er, „obwohl es den nicht wirklich gibt. Gehört ins Fremdwörterbuch. Mensch, nimm Platz, Bernd, das gibt's doch nicht!"

Felber sah auf Reiner. „Hast du ein Bier für den Kunden?"

Reiner eilte zu seiner Bar. „Bier", meinte er im Gehen. „Bier, das ist jetzt schwierig. Kann es etwas Whiskey sein?"

„Auch gut", sagte Felber. Im Innern der Bar standen außer einer halben Flasche Scotch nur Gläser herum.

„Bernd, was treibt dich denn zu mir? Damit machst du mir aber eine Freude. Wie gehen die Geschäfte?" Reiner setzte sich und stellte die Getränke auf den Tisch.

„Schlecht, Reiner, schlecht. Job los." Felber ließ sich nieder, stieß an und nippte. „Ich habe übrigens heute Ursula in der Bäckerei besucht."

„Aha. Und wieso?"

„Mir kam die Idee, was wohl aus unseren Klassenkameraden geworden ist."

„Hm", machte Reiner.

„Was treibst du so?" fragte Felber.

„Ach", meinte Reiner und winkte ab. „Ehrlich gesagt: ist doch alles Mist. Ich schwatze Leuten Versicherungen auf. Werde unter Druck gesetzt, sonst gibt es keine Provision. Die wollen Abschlüsse." Er langte nach dem Glas.

„Warum machst du's dann?"

„Das ist doch nur so gekommen, weil meine kleine Baufirma Pleite ging. Die Schulden..." Reiner schenkte nach.

„Denkst du nicht manchmal an die Klasse zurück?" fragte Felber.

„Ja, schon."

„Hast du mal was von Manja gehört?" Felber musterte die schmale Bibliothek, die aus Fachbüchern bestand.

„Ach Gott, keine Ahnung. Damals waren wir eine Clique, René und Carsten waren auch ständig dabei, das ist ewig her..."

111

„Was macht denn René?" fragte Felber interessiert.

„Der ist jeden Tag am Bergmannplatz. Die saufen dort."

„Was?" Felber schüttelte den Kopf.

Der Herbst brachte rauhe Kälte. Felber hatte sich warm angezogen. Er stand am Bergmannplatz. Die hohen Bäume entließen in Massen ihr Laub. Felber, nach einem heißen Kaffee lebendig geworden, verblieb noch gleich einer Statue am Straßenrand und beobachtete drüben die Gesellen, die sich zum Bier hier trafen. Sie waren alle arbeitslos und erörterten wohl die Fußballergebnisse und schimpften dann auf die Politiker, um es anderntags zu wiederholen, ohne dessen überdrüssig zu werden. ‚Jetzt bin ich auch einer von ihnen', dachte Felber. ‚Wie oft bin ich an diesem Platz vorbeigefahren, habe diese Kerle gesehen und nur müde gelächelt, weil es mich nicht betraf.' Felber bewegte sich in seiner Jacke, wie um die Gedanken abzuschütteln. Er zögerte, rauchte noch eine, dann lief er hinüber und nahm den Beutel Bierbüchsen mit, den er bei sich trug. Es würgte etwas in Felbers Hals, doch er baute sich neben den Leuten auf. Die wilden Gespräche verstummten abrupt. Er wurde zum Mittelpunkt des Interesses. Felber starrte verunsichert in die frostgeröteten Gesichter, suchte nach René.

„Du siehst aus wie 'n Sozialarbeiter", meinte ein Kleinerer, der sich neben ihm aufhielt. „Was willst'n hier?"

„Job verlor'n. Ihr könnt euch dann mal hier bedienen." Felber setzte den Beutel auf einer Bank ab und öffnete eine Büchse.

„Willkommen im Club", sagte ein zweiter, fing nach kurzem Schweigen an zu lachen, woraufhin die anderen mit einfielen.

Felber konnte sich der Fröhlichkeit nicht entziehen. Einige Passanten sahen zu ihnen herüber.

Er wusste nicht, warum sie hier alle lachten, aber sie taten es gemeinsam. Und Felber suchte in der Vergangenheit, je in einer Gemeinschaft so befreiend diesem Gefühl gefrönt zu haben. Nachdem der Spaß verebbt war, wurde es wieder stiller im Kreis der Umstehenden. „Erzähl mal, was hast'n bisher gemacht?" fragte ein Hochgewachsener mit forschendem Blick. Felber teilte mit, was ihm widerfahren war, holte etwas weiter aus, hörte sich reden und sah die Gestalten, die sich um ihn drängten und irgendwie teilnahmen an seiner Geschichte. Ab und zu bediente man sich aus seinem Beutel. Dann stießen sie an und tranken, zerfielen erneut in Grüppchen. Felber wandte sich an den Forschenden: „Ich hab vorhin einen meiner ehemaligen Klassenkameraden gesehen. René. Er muss gegangen sein. Mir ist das gar nicht aufgefallen."

„Ja, er ist schon fort. Kommt heute nicht mehr. Der ist total unten." Der Forschende betrachtete Felber. Er wies mit dem Finger auf ein Haus schräg gegenüber. „Dort hockt er jetzt."

„Ich geh mal hin." Felber nahm seinen Beutel. Er sah sich kurz um. Einige hoben die Hand zu einem Gruß, und Felber dachte: Warum verbrüdert uns nur die fehlende Arbeit?

René blickte düster und überlegte kurz, als Felber in der Tür stand. „Bernd. Scheiße, na komm rein." Sie traten ins Wohnzimmer. René wies ihm den Weg. Es schien Felber, als hätte René erst gestern so geflucht, und doch war es in der zehnten Klasse gewesen.

113

„Ja, Scheiße, René, ich komm rein." Felber setzte sich. „Du hast mich gleich erkannt?"

„Klar, warum sollte ich dich nicht erkennen? Ein Gesicht, das man oft gesehen hat, vergisst man nicht, auch wenn es älter wird."

„Da ist was Wahres dran. Ich war drüben bei deinen Leidensgefährten", sagte Felber. „Warum bist du schon abgehauen?"

„Ach, was soll's. Ist doch im Prinzip sinnlos. Hast du 'n Bier übrig?" Felber warf den Beutel auf die Couch. „Nimm dir. Ist noch was da. Ich hab auf dem Platz einen ausgegeben."

René sagte nachdenklich: „Ich sah dich manchmal mit dem Firmenauto vorbeifahren. Und jetzt spielst du hier den edlen Spender?"

Felber bot ihm eine Zigarette an. „Hab auch meine Arbeit verloren." Sie rauchten. „Wie ihr. Kein Firmenauto mehr."

René wühlte unterdessen nach dem Bier, öffnete es und trank. Felber beobachtete ihn bei seinem Tun. „Du darfst dich nicht so fallenlassen, René", meinte er. „Was ist nur aus allen geworden?"

„Ich verblöde, Bernd." René sah müde zu Felber. „Ich bin jetzt fünfundzwanzig Jahre Bus gefahren, in Schichten. Nun meldet sich der Zucker. Ist das nicht wunderbar? Ich kann das nicht mehr machen. Die Arbeitszeiten..."

„Ja, das lass lieber bleiben. – Bist du denn noch mit Carsten in Verbindung?" fragte er.

Eine Stunde später lief Felber die Bürgerstraße entlang. Carsten wohnte noch in dieser Gegend, die Felber gut kannte. Sie war früher für lange Zeit sein täglicher Schulweg gewesen. Die alten Garagen; alles war wie ehedem. Das Haus des bejahrten Doktor

114

Walther lag verborgen hinter hohen Büschen. Er praktizierte noch immer.

Felber läutete bei Carsten. Als niemand öffnete, wartete er unten vorm Haus. Viertel vor acht erschien Carsten in einem Transporter. Er trug verschmutzte Malerkleidung und stutzte zunächst. Doch er erkannte Felber und schlug mit der Linken gegen dessen Oberarm. „Bernd, alter Knabe, so 'ne Überraschung! Was macht die Kunst?"

„Hallo, Carsten!" Felber lachte und drückte ihn an sich. „Ist'n bisschen spät geworden für'n Besuch."

„Ach was. Bernd, Mann, komm noch mit hoch. Wir heben ein Gläschen. Du bist nun einmal da. Für heute ist bei mir Sack!" Er zog Felber zur Haustür.

Oben in der Wohnung entledigte er sich seines Anzugs. Er hastete umher. „Ich geh mich schnell duschen. Dort in der Ecke ist Bier." Felber setzte sich und ließ seinen Blick über die spartanische Einrichtung gleiten.

„Zum Wohl", sagte er, als Carsten zurückkam.

„Zum Wohl, alter Knabe."

„Arbeitsreichen Tag gehabt?" fragte Felber.

„Oh ja, Bernd."

„Du bist also noch Maler. Wie läuft's?"

„Hier", Carsten erhob sich und ging zu einer freien Stelle bei einem Wohnzimmerschrank. „Hier hat sie gestanden. Meine Top-Stereoanlage. Jahrelang bin ich in den Westen gefahren. Darüber ist meine Ehe zerbrochen."

„Und jetzt?

„Das war kein Leben. Jetzt hab ich hier wieder neu angefangen.

115

Ich mach das alleine, bin selbstständig. Aber die Hunde zahlen nicht. Wie hat man uns beschissen... - Und du?"

„Ich such grade Arbeit. War übrigens bei René und Ursula und Reiner. Die Clique existiert nicht mehr, oder?"

„Wo denkst du hin? Keine Zeit."

„Und alle haben Sorgen", meinte Felber. Er sah Carsten an. „Sag mal, weißt du, wo Manja wohnt?" fragte er übergangslos. „Ich wollte nach mehreren forschen, nach unsren alten Kameraden."

„Ja, Manja sehe ich donnerstags flüchtig im Supermarkt an der Ulmenstraße. Wir grüßen uns." Carsten überlegte. „Ja, unterhalten haben wir uns aber nie. Immer diese Hektik. Sie muss dort in der Nähe wohnen. Ich weiß es nicht. Da sind mehrere gleichartige Wohnblöcke..."

Nach ein paar Anläufen im Supermarkt hatte Felber Erfolg. Er sah Manja. Sie kramte am Zeitungsstand. Weit entfernt, konnte er doch zweifelsfrei ausmachen, dass sie es war. Ihr Gang, ihr Äußeres, alles wies darauf hin. Felber beobachtete sie. Manja hatte langes dunkelblondes Haar, wie früher, die Bewegungen waren sicher und gelassen. Als sie bezahlte, trat Felber an die danebenliegende Kasse und kaufte ein Päckchen Zigaretten. Da sie ein wenig Vorsprung gewann, beeilte er sich und stürzte ins Freie, um sie noch verfolgen zu können. Felbers Augen glitten umher. Nichts. Doch Manja stand unmittelbar neben dem Eingang in einer Nische. Felber erschrak. Sie hatte sich eine Zigarette angezündet und lächelte ihn spitzbübisch an. „Du hast dich etwas dilettantisch verhalten, Bernd."

Felber näherte sich ihr und streckte den Arm aus. Er war verlegen.

„Manja?" Sie lächelte wieder und begrüßte ihn. „Hallo, Bernd."
Ihre Hand war klein und warm. Felber suchte nach seiner eben
gekauften Packung. Manja hatte ihren Einkaufsbeutel zwischen
die Beine gestellt. Sie stand vor Felber, unbekümmert, locker.
So war sie schon immer.

„Gut", begann er, „um das gleich zu klären, ich wollte dich nicht
verfolgen. Ich wusste nur nicht, wo du wohnst. Entschuldige die
Nachstellung." Felber machte eine Pause. „Wie gehts dir, Manja?"
„Du wolltest zu mir?" Sie ging nicht auf die Frage ein und
überlegte. Dann nahm sie ihren Beutel. „Begleitest du mich?" Ein
paar Strähnen fielen Manja ins Gesicht. Sie strich sie mit der Hand
nach oben.

„Ja", sagte Felber. „Gib mir die Sachen." Sie liefen den Weg
entlang die Straße hoch. Manja sah ihn von der Seite her
aufmerksam an. Felber fragte: „Du glaubst mir nicht?"

„Doch. Aber warum? Rückbesinnung auf alte Werte?" entgegnete
Manja.

Felber blieb stehen. „Ich weiß nicht. Du kannst es nennen, wie du
willst. - Ich wollte die Schulkameraden aufspüren, ich habe zurzeit
keine Arbeit. Aber Zeit, in Erfahrung zu bringen, was aus allen
geworden ist…" Er sah an den Häuserblöcken hoch. Sie legte ihre
Hand auf seinen Arm. „Stop. Hier hause ich. Komm doch auf einen
Kaffee mit hoch." Manja wies auf den nächsten Eingang. Sie
öffnete die Haustür.

„Lebst du allein?" fragte Felber.

„Ja", sagte Manja.

In der Wohnung half er ihr beim Entledigen der Jacke, sah ihre
schmalen Schultern und hatte plötzlich Hemmungen. Sie ging

117

voran und bot ihm im Wohnzimmer einen Platz an. „Also, Kaffee. Setz dich doch." Manja machte sich in der Küche zu schaffen. Überall standen und hingen Pflanzen, die Möbel waren dekorativ verteilt und ein Raumteiler gut placiert.

Und Manja war eine Schönheit. Das lange Haar fiel ihr über die Schultern. Sie war eine selbstbewusste Frau geworden, musste Felber konstatieren.

„Auf dein Wohl, Bernd", sagte sie, brachte Kaffee und einen Cognac mit und lächelte wieder.

„Auf dein Wohl, Manja."

„Na, erzähl mal", forderte Manja.

„Was ist bloß aus den Menschen geworden, fällt mir grade ein?" fragte Felber.

„Aus welchen Menschen?"

„Ich habe einige schon mit meinem Besuch beehrt. Ursula, Rainer, René, Carsten..."

„Da hast du eine gesunde Mischung erwischt."

„Es geht ihnen allen nicht gut", sagte er. „Sie - sie haben sich so verändert."

„Ja, ich weiß, früher war alles anders", meinte Manja mit ihrer weichen Stimme. Doch es klang resolut. Sie strahlte eine Gelassenheit und Sicherheit aus, dass Felber merkwürdig zumute war. Von neuem betrachtete er Manja. Er dachte an die Schulzeit, an die Klasse, an die Sitzordnung. Jahrelang hatte er aus der hinteren Bank ihr langes weiches Haar bewundert. Sie schwiegen lange. Felber hatte den Eindruck, dass Manja ihm Zeit zum Überlegen gab. Sie nippten am Cognac. „Na, Bernd, wie das brennt! Wird die Welt nicht gleich ein bisschen schöner und die

Probleme etwas kleiner?" Manja lächelte ironisch.

Felber durchströmte es warm. „Kann man sagen." Dann fügte er hinzu: „Du kennst sie alle noch?"

„Ich weiß, was sie tun." Sie schien mit einemmal eine Spur sorgenvoller. Felber durchforschte ihr Gesicht. „Sie haben sich nicht geändert", sagte Manja erneut. „Es ist die Gesellschaft, die sie in die Enge treibt. Weißt du noch, wer in der Schule die meisten Rockgruppenbilder besaß? Es war Reiner." Sie lächelte matt. „Er sah es als Aufgabe. Er sammelte und ordnete. Seine Ordnung ist jetzt aus den Fugen geraten." Wieder strich sie sich eine Strähne aus dem Gesicht. „Komm, stoßen wir an, alter Freund." Sie nahm ihr Glas. Felber konnte sich des Eindrucks nicht erwehren, dass plötzlich ihre Hand zitterte und sie unter etwas litt. Doch waren ihre Augen klar und forschend. Dann sprach sie weiter: „Carsten hat sich immer einer Gruppierung in der Klasse angeschlossen, die jeweils die stärkere bildete. Weißt du nicht mehr? Damit konnte ihm keiner was, er war abgesichert. Auch in dieser fadenscheinigen Clique, in der ich damals war. Du täuschst dich, wenn du glaubst, dass alles eitel Sonnenschein war. Man musste trotz allem etwas gelten. Und es ging ums Mitmischen, ums Dreinhauen, wenn alle dreinhauen. Du wirst dich erinnern. Jetzt ist er zum Einzelkämpfer degradiert."

„Und Ursula?" fragte Felber

Manja schaute ihn an. „Sie war wirklich mal meine beste Freundin." Sie begann plötzlich, im Zimmer umherzugehen. „Sie wollte immer eine Boutique", sagte Manja. „Sie hat sich wirklich ihren Traum verwirklicht. Einen Traum auf Zeit. Und der musste zwangsläufig zerplatzen." Manja wandte sich ihm zu. „Du bist ja so still." - Felber schrak zusammen. „Ja - ich – weiß auch nicht. Es ist schön, dir zuzuhören. Und womöglich hast du mit allem recht...", bemerkte er schwerfällig.

„Ja, Bernd, du bist immer schon etwas still gewesen." Manja trat vor Felber hin. „Du hast nicht viel erzählt, du stellst mir nur Fragen."

Er hörte sich sagen: „Ich war auch bei René."

„Auf dem Bergmannplatz?"

„Ja, ich war dort. Mitten unter ihnen."

„Soso, mitten unter ihnen." Manja wandte sich ab und lief wieder durch den Raum. Felber hielt es nicht länger auf seinem Platz. Sie drehte sich um und meinte unvermittelt: „Ich weiß, dass du mich früher mochtest." Er ging auf sie zu. Mit einemmal begriff Felber. „Etwas stimmt nicht. Hast du auch Probleme?" fragte er und legte Manja die Hand auf den Arm. Sie blieb stehen. „Wie man's nimmt. Mir geht's finanziell gut." In Manjas Augen begann es eigenartig zu glitzern.

„Manja!" Felber packte sie bei ihren schmalen Schultern. „Manja, was machst du eigentlich? Entschuldige, dass ich nicht danach gefragt habe; ich hätte es längst tun sollen." Er schüttelte sie zaghaft. „Manja, sprich mit mir. Wir haben noch nicht über dich gesprochen." Felber ließ von ihr ab. Sie kam ihm plötzlich kleiner vor, schmächtiger.

Sie fasste Felber bei der Hand. „Komm - komm, Bernd, ich will dir etwas zeigen." Manja zog ihn sanft zu einer Tür. Sie betätigte einen Schalter, drückte die Klinke herab und öffnete.

Felber sah in den Raum. Dunkelrotes Licht überflutete die seidenen Bezüge, die ein Bett bedeckten. Nur langsam, als ob sich sein Gehirn dagegen wehrte, begriff er und betrachtete die Details im Zimmer. Doch ihm war, als schaue er ins Leere. Sein Inneres schien sich zusammenzukrampfen. Felber wurde sich dann bewusst, wie lange er schon so starrte. Manja blickte ebenfalls noch in den Raum. Über ihre Wangen liefen Tränen. Dann schloß sie die Tür und ging zum Tisch. Sie setzte sich und goss Whisky nach. „Ja, Bernd, du Stiller. Wenn du nichts sagst, muss ich wohl. Jetzt hat sich deine Meinung über mich wohl gewaltig geändert. Nun weißt du, was ich mache." Sie vermied es, Felber anzusehen. „Irgendetwas muss man machen."

Er brachte zunächst nichts heraus und war wie versteinert. Dann schüttete er einen Cognac hinunter. „Scheiße!" sagte er.

„Na, das ist doch ein Wort", entgegnete sie und lächelte.

„Sie bedeuten dir nichts?" fragte Felber.

„Die Frage kommt immer. Das ist keine Liebe", sagte sie. Er ging zu ihr und umarmte sie. Ihre Schultern zuckten. Dann löste sich Manja von Felber und erhob sich. Ihr Körper schien sich zu straffen. Sie ging in die Küche und trocknete ihre Wangen, brachte den restlichen Kaffee mit. Sie schien gefasst.

„Sie haben dir nichts bedeutet", stellte Felber nochmals fest.

„Lassen wir das, Bernd. - Warum, in Gottes Namen, bist du zu mir gekommen?"

Felber seufzte und strich sich mit der Hand über die Stirn.

„Vielleicht wäre das alles gar nicht so", sagte er, „wenn ich nicht immer so still gewesen wäre."

„Das ist gut, Bernd. Das ist wirklich gut." Manja umfasste mit ihren Händen die Tasse. „Aber du bist eben still gewesen, und heute bist du da. Warum?"

121

Felber erhob sich. Sie sah ihn an, und er konnte erkennen, dass ihre schönen Augen etwas gerötet waren. „Weil ich etwas mitgebracht habe", sagte er, ging in den Flur, kehrte mit der Kassette zurück und legte sie auf den Tisch.

„Eine Kassette?" fragte Manja verwundert.

„Ja. - Ich - möchte etwas nachholen, Manja. Du bist - ich möchte etwas nachholen, worauf ich im Prinzip seit fünfundzwanzig Jahren gewartet habe."

Manja erhob sich. „Etwas nachholen...", echote sie und näherte sich Felber. „Jetzt komme ich aber nicht mehr ganz mit."

„Weißt du, Manja", sagte er. „Es ist nichts Weltbewegendes. Das heißt, für mich schon."

„Na, nun leg sie ein. Ich bin neugierig."

Felber tat es und drückte auf Wiedergabe. Der aufwühlende Sound von „Slade" erfüllte das Zimmer. „Manja", sagte er, „ich möchte mit dir tanzen."

Jetzt stand sie wie erstarrt da und blickte ihn mit ihren großen Augen an. „Ja", flüsterte sie, umschlang seinen Nacken und sie bewegten sich durch den Raum zum Takt der Musik. Manja legte ihren Kopf an Felbers Brust, und er dachte an die Zeit von damals, schloss die Augen. Er war wieder fünfzehn und hielt Manja im Arm, sog ihren unbeschreiblichen Duft ein.

„Das ist gut", meinte sie und sah zu ihm auf. „Ganz so still wie zur Klassendisco bist du nicht mehr." Felber nickte und berührte ihr Haar. -

Nach dem Song sagte Manja: „Ich muss bemerken, ich bin seit langem nicht mehr so angenehm überrascht worden. Ich meine das ernst."

Felber ging mit ihr zum Tisch. Sie schob wieder eine Strähne aus dem Gesicht und er sah, dass sie gerührt lächelte. „Ich gieß mir noch einen ein", schlug er vor. „Es ist spät geworden..."

„Ich geh mal für kleine Mädchen." Sie verschwand.

Als sie kurze Zeit später aus der Toilette kam, erhob sich Felber. Er nahm ihre Hand. „Manja, nicht falsch verstehen", sagte er. „Es ist wirklich spät geworden. Ich muss erstmal alles..."

Sie legte ihm die Hand auf die Lippen. „Aber ja doch."

„Ich komme wieder", versprach er.

„Ja", sagte sie. „Es wäre schön."

Er legte einen Arm um sie. „Denn das hast du nicht nötig."

Manja sah zu ihm auf und küsste ihn.

Inhalt